ドラッグカラーの空

佐久本庸介

Under the Drug-Colored Sky　Yousuke Sakumoto

Discover

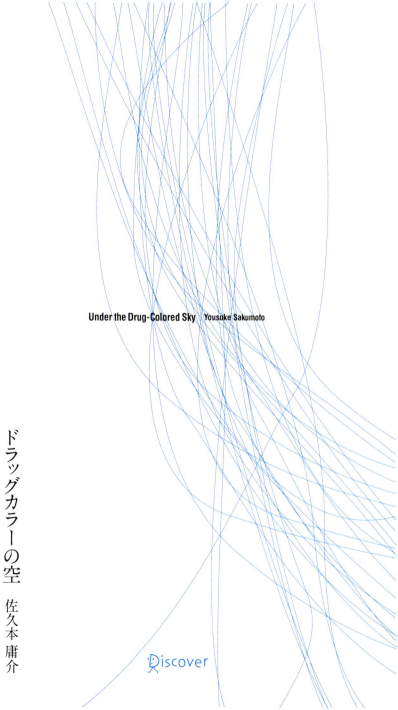

ドラッグカラーの空

佐久本 庸介

目次

序章　具合が悪い！　頼むから休ませろ！

視界に入ってくるあらゆるものが僕の不快指数を押し上げていた。

全身に必死で力を入れ、苦しさを押し殺す。僕は目を見開きパソコン画面を凝視していた。素早くマウスを動かし、激しくタイピングして、テキストエディタに文字を打ち込んでいく。文字の羅列の中の山カッコに囲まれた単語には一つ一つ意味がある。

時間がない。

今回の競技でまだ作業しているのは僕一人。前の席にいる車いすの二人はとうに見直しの段階に入っている。そのうちの一人は手も不自由そうだが、実力でしっかり障害を補っているようだった。

残された時間は一分を切っていた。僕にはまだ入力すべき内容が残っている。一秒でも時間が惜しかった。焦りのせいか呼吸のリズムが狂って息苦しい。

画面には秋の山々の写真をベースにしたタイトル画像の下に、焦げ茶色のグラデーションのかかったナビゲーション、コンテンツが項目ごとにスタイルをつけられ整然と並び、ホームページの体を成していた。

わずか数時間で完成させるため、出来だけではなくスピードも要求される。実際ギリギリもいいところだった。

文章はもう考えている時間がなかった。思いつくまま入力していったが、推敲していないのでミスがあるかもしれない。

残り何秒だ？　わからない。

最後の項目の入力に取り掛かった。

終わりが間近だというのに様々な後悔が押し寄せてくる。タイトル画像の色がきつすぎたのではないか。フォントはこれでよかったのか。見出しのサイズはもう少し大きくてもよかったのではないか。

体が震えている、節々が固まりそうなくらいぎこちない。それでも今やらねば作品が完成しない。だけど本来、僕はこんな緊張に耐えられる人間ではない。

具合が悪い！　頼むから休ませろ！　胸と腹が苦しさのあまり悲鳴をあげている。しかし僕は歯を食いしばり指で激しくタイプする。

――とにかく今はやらねばならない。

この五年間、自分の限界を超えるのは恐怖でしかなかった。それなのに僕は、この数時間をありったけの力で戦っていた。

第一章　もう五年もまともに仕事してないでしょ、どうするの

坊主頭が鉛のように重い。

体の不調のせいか、それとも五年という月日がそうさせているのか。倍以上も年上の老人たちに囲まれながら、僕は時間を持て余していた。木目の細かい床と天井から、むさ苦しい負のエネルギーが噴き出してくるような気がして息苦しい。

僕は毎日朝から午後三時まで、このデイケアセンターという障害者が通所する施設で、病気のリハビリをして過ごしている。五年前に統合失調症という精神疾患を発症して以来、継続して通っていた。

「伊知郎《いちろう》さん、浮かない顔をしてますね?」

職員の中河明美《なかがわあけみ》が声をかけてきた。中河は狐のような目と高い鼻が特徴の女性で、常に崩さない笑顔は酷く不安にさせられる。通所しはじめてから、ずっとこの人とは一緒だ。

「別に不思議なことでもないでしょう」

磁石式のダーツで患者たちが競っているのがみえる。毎週のように使われるのでダーツ板はボコボコになっていた。

「まさに子供の遊びですね」

最初にここに来たときから、なにも変わらない光景だった。僕が思うことも大して変わっていない。

「とんでもない、社会に繋がるために必要なプログラムですよ」

中河が僕のいうことを否定する。この人がどこまで本気で話しているのかよくわからなかった。

「中河さん、僕は就職したいです」

「お、伊知郎さんやる気ですね」

中河が少し身を乗り出して聞く態勢に入る。頬を緩めながら目を見開いているのは、なにかを期待しているのだろうか。

「ここには刺激がない。先に向かっている気がしない。このままでは僕はどうしようもない人間のまま親父になってしまいます」

「伊知郎さん、頑張っていたじゃないですか」

「ええ、駄目になってしまいましたが……」

僕はこの五年のうちに、一度お菓子の製造会社に就職したことがあった。しかし体調を大きく崩し、休みを重ねるうちに、結局二ヶ月もしないでクビになってしまった。「正確には」自主退職だったが。

統合失調症という病気は幻覚、妄想が症状としてある。症状を止めるために強い薬を使う。するとたとえ幻覚が治まったとしても、薬の副作用で著しく体調不良に陥るのだ。

「僕は、こんなところで無為に生きていくのが耐えられない。自分の可能性がどんどん死んでいく気がするんです」

「伊知郎さんは頑張っていますよ。私がみています。頑張りすぎない方がいいんです」

「僕には耐えられません」

「伊知郎さん、焦ってはダメです。ローマは一日にしてならずですよ」

中河がいうローマに僕は当てはまるのだろうか。

午前中のプログラムが終わると昼食になる。職員が全員分の病院食を配っていく。

赤いお盆にかけそばとかき揚げとフルーツポンチが置かれている。そばはあまりコシがなく、かき揚げも柔らかい。

昼休みになっても、僕は自分の席でなにもせず過ごしていた。

僕が就職をしたいという気持ちは逃げなのかもしれない。そんな風に思うときがある。なぜならば、実際に職に就いたところで、体調を崩してすぐに辞めてしまう可能性を否定できないからだ。

それならば、将来のため今のうちに勉強に励むようなことをしないのか。時間があるのにどうしてもっと頑張らないのか。

それもできないのである。英語を勉強しようと本屋で教材を買ったものの、読むだけで精神が疲れきってしまった。目的意識さえあれば取り組むことができた学生時代ではありえないことだった。

「なあ伊知郎君、昨日親戚が仕送りと一緒にキャットフードまで送ってきたんだが、あれって人間も食べられるものなのかね？」

隣の席に座っていたおじさんが変なことを聞いてくる。

「なに気持ち悪いこといってんですか、食べるわけないでしょう」

「そうだよなあ。なんであんな物を送ってきたのかなあ」

話しぶりからするとおじさんが猫を飼っているわけではないらしい。

基本的にデイケアセンターは平和な場所だ。利用者たちは精神疾患を持っていても凶暴だとか、常におかしいわけではない。ちょっとピントがずれるだけで九割は普通の人である。

午後のプログラムはカラオケだ。隣にある病院からカラオケのための機械がデイケアセンターに運び込まれる。ＤＡＭやＪＯＹが入っているわけではなく、カートリッジ式の限られた曲数の中から選んで歌うタイプの物だ。昔の曲ばかり入っているので、この五年間のうちにかなりの数の八十年代懐メロを歌えるようになってしまった。

「ねえ中河さん、僕はこの五年間ずっと同じ時間を過ごしている気がしますよ」

「伊知郎さんは私たちとは別の時間軸を生きている、ということですか？」

「なにバカなこといってんです。たとえばね、今あの人が歌っているフォークソングなんて、もう五十回以上は聴いていますよ」

五年間、毎月聴いていることを考えれば決して大げさな数字ではない。

「確かに私も歌詞をほとんど覚えてしまいました」

僕はボロボロになったカラオケの曲集を開き、パラパラとめくってみた。

「あの人が次に歌う曲はこれですね……ほら入力した」

見事言い当ててみると、中河は目を丸くしている。

「凄いですね伊知郎さん、もしかしてニュータイプなんじゃないですか？」

「なんですかニュータイプって？」

「エスパーみたいなものですよ」

中河は相手に伝わらないボケでボケ倒す悪癖があるので、たまに信じていいのか不安になる。

「僕は、就職したいです。いや、リハビリの苦しさから抜け出したい」

中河は崩さぬ笑顔で聞いている。

「この五年間、ずっと生きている気がしませんでした。楽をしているのに苦しみばかりが僕を締め付けるんです。もうこんなのは、嫌です」

それは仕事をすればよくなることなのか、もっと体調が改善すればなくなるものなのか。僕はわかりやすい希望が欲しかった。

「伊知郎さん、就職するにしても、順序を踏むのが良いと思うんです」

中河は席を立つと、スタッフルームに入って、なにか冊子を一部持って戻ってきた。

「……なんですかこれ？」

その冊子には山梨県障害者技能競技大会、と書かれていた。

「これはね、障害者が仕事の技術を競う大会です。通称はアビリンピックといいます」

「はあ」

「伊知郎さんパソコン得意でしょう？　なにか出てみたら良いじゃないですか。入賞したら履歴書に書くこともできます。就職につながりますよ」

「ですけどねえ」

順序を追う、というのは正しいのかもしれない。しかし就職の過程にこの大会が入るのがイメージできなかった。

冊子をめくってみると、ワードプロセッサや喫茶サービスなど、多種多様な競技種目が用意されていた。その中で自分にできるのは、ホームページ職種くらいだろうか。

一応僕は、自分のホームページを持っているのだ。


家に帰って一息つくと、中河からもらった冊子を何度も読み返してみた。

第三十四回山梨県障害者技能競技大会。通称アビリンピック。今までこんな大会があることを全く知らなかった。おそらく僕みたいな精神障害者だけではなく、身体や知的障害者も参加するイベントなのだろう。僕は同じ精神障害者とは毎日会っているが、身体、知的障害者とは直接関わったことがなかった。未知の世界といっても良い。

とはいえ、今まで聞いたことがなかったということは、それ程、大きな大会でもないのだろう。中河がなにを狙っているのかはわからないが、僕はいまいちやる気にならなかった。

「伊知郎君なに読んでるの？　求人誌？　仕事探してるの？」

振り向くと従妹《いとこ》の前川《まえかわ》三津子《みつこ》が好奇心に満ちた笑みを浮かべていた。馬鹿みたいに長く伸ばした髪が僕の肩にかかっている。間違いなく高校の頭髪検査でひっかかるはずだがどうやって切り抜けているのだろう。

「なんでお前がここにいるんだ」

「求人誌じゃないじゃん。やばいよ伊知郎君。もう五年もまともに仕事してないでしょ。どうするの、どうするつもりなの」

三津子が半笑いでおおげさに僕の肩を揺らしてくる。こいつは僕が大学を中退して以来、仕事をしないでいるのを毎度のようにからかってくるから苦手だった。落ち目の人間を馬鹿にするのはそんなに楽しいのだろうか。

「うるさいんだよお前は。大体僕だって仕事をする気がないわけじゃない、これだって……」

僕はアビリンピックの冊子に目をやって言葉が詰まった。中河はアビリンピックが就労に繋がる、履歴書に書けるといっていた。しかし本当に効力を発揮するのかどうかは判然としていない。

「え、これがなに、なんなのかな？」

三津子がマイナス方面への期待に満ちた視線を僕に向けてくる。その大きな目の輝きが余計に忌々しい。これはもう適当にキレてこの場を収めるしかないだろうか。

「おい役立たずのクズが。てめえ六時過ぎたら居間から出てけっつったろ？」

いつの間にか弟の弐郎《じろう》が帰ってきていた。眉間に皺を寄せた凶悪な眼差しは実の兄に向けるものとは到底思えない。テニス部からの帰りなのか、アディダスのジャージを纏《まと》いラケットバッグを背負っている。

「出てけって……別にここにいたっていいじゃないか」

「俺は疲れてるの。お前みたいに休みの日になにもしないでコーラ飲んでるゴミとは違うんだよ。目障りだからとっとと部屋に戻って一生ひきこもってろ」

あまりの言われようにさすがの僕も怒鳴りつけてやろうかと思ったが、すかさず三津子がアビリンピックの冊子を振り回しながら「それは違うよ弐郎君。伊知郎君は社会復帰のために、ええと、障害者技能競技大会！　を目指すんだって」と横やりを入れた。

「はあ？　障害者技能大会、なんだそれ」

弐郎は三津子から冊子を奪い取ると、パラパラと興味なさげに読みだした。

「馬鹿じゃねえの。こんなもん就職に繋がるわけねーだろ。人を舐《な》めるのもいい加減にしろ役立たずが。死ね」

弐郎は床に冊子を捨てると、欠伸《あくび》をしながら自分の部屋に行ってしまった。

「あーあ。弐郎君も酷い子だね。でも伊知郎君も今のままだときついと思うよ」

この三津子は僕の病気のことをなにもかも知っているわけではない。僕の無気力が毎日飲んでいる向精神薬の副作用ということも理解していないだろう。

「いいよ、いいから僕に関わらないでくれ」

「そんなことといって、開き直りが板についてきたね」

僕は病気を持っているから仕事ができない。というのは簡単だった。

しかし僕は将来的にも仕事ができず、ずっと家にこもったまま無為に過ごしていく自分を肯定できなかった。今は駄目でも、未来まで否定したくなかった。だからなにも明言できないのだ。

それから僕はふらつきながら自分の部屋に入ると、敷き布団の上でひたすら精神を休めていた。

外で活動すると知らず知らずのうちに疲れはたまっていく。特に精神は疲弊し、これがある一線を超えると大きく体調を崩す。

「死ぬ一歩手前、って気がする」

先ほどの弐郎と三津子の「口撃」で僕はかなりのダメージを受け、体調を著しく崩していた。脳を鷲掴みにされているような苦痛は耐えがたいもので、胸も締め付けられるようで息苦しい。せめて独り言でもいって紛らわせるしかなかった。

「畜生、僕がなにをしたっていうんだ……」

「なにもしていないから苦しいんじゃないのか？」

僕はハッと体を起こした。いつの間にか親父が部屋に入って来て僕を見下ろすように仁王立ちしていたのだ。禿げ頭が電球に照らされていていくらか見苦しい。

「聞いていたのか？」

僕は情けなく、裏返った声を絞り出した。独り言に反応されること程、きまりの悪いこともない。

「良い歳したお兄ちゃんがそんなんで恥ずかしくないのか？　病気だかなんだか知らないが、日頃のお前をみてると、とても身の振り方を考えてるとは思えない」

「な……なんなんだよあんたは。勝手に部屋に入ってきて、こっちの気も知らないで」

僕はこの高圧的な親父が嫌いだった。人の立場も、気持ちもろくに考えないで、いいたいことばかりいってくる。

「その目はなんだ？　お前、また俺に逆らう気か？」

僕は言葉に詰まった。僕はかつて、親父と酷く口論をし、口も利かなくなった。関わりを意識的に断っていた。

しかし上京した先で精神を病み、ボロボロになって実家に戻ってくる羽目になった。

そのとき「俺に逆らうからこういうことになるんだ！」と怒鳴られた。なにも反論できなかった。

「武郎が毎日頑張っていることくらいみているよな。それに比べてお前はどうだ。兄としてどうなんだ。悪い見本をみせて情けないとは思わないのか。お前、この五年間、なにも成長していないだろう」

僕はひたすら親父の罵声を聞かされていた。病み上がりの人間のことを親父は理解しようとすらしない。

「たまに英語の勉強を始めたかと思えば、三日と続かない。人間、根性があればなんとかなるんだ。だけどお前にはそれがない」

僕は親父を睨みつけた。いろいろと新しいことを始めようとして、断念したことは事実だ。だけどそれを蒸し返されるのは我慢ならなかった。

「ん、なんだこれは」

親父が机の上に置いてある、アビリンピックの冊子を手に取った。すぐに鼻で笑った。

「お前、これに出たいのか？」

「そうだよ。仕事に繋がるから……」

「馬鹿か？」

その一言に僕は血の気がひいた。親父は心底呆れたといいたげに冷めた視線を僕に向ける。

「こんな障害者の遊びみたいな小さな大会が仕事に繋がるわけないだろ？　本当お前馬鹿になったな。昔はもっと頭がよかったのに」

その言葉に、僕はキレてしまった。

「うるさい！　うるさいうるさいうるさい！　出てけこのくそ親父があ！」

僕はひたすら怒鳴り続けた。反撃の隙もみせないことが唯一の防衛策だった。親父は冷めた目をして部屋から出ていったが、僕の腸《はらわた》は煮えくりかえったままだった。

「畜生！　畜生！　畜生！」

すると隣の部屋から弐郎が「うるせえんだよクレイジーが！　殺すぞ！」と罵声を浴びせてきた。僕も叫びすぎてもう声が出なかった。

僕は悔しかった。家族は僕を認めてくれない。だけど僕だって、自分を認めているわけではないのだ。

普段、平日は毎日デイケアに通っているが、月に二回の診察日にはまず病院へ診察を受けにいく。僕の主治医は割と人気のある医師のようで、いつも待合室は混んでいる。僕も入院時からかかっているので別の医師に変えるつもりはない。ただ不満はあった。

ため息をつきながら、ふと天井に目を向けた。待合室の天井には青空の絵が一面に描かれている。青々とした空なんてこの上なく清々しいはずだが、最初みたとき異様な印象を受けた。今でもあの青い空から希望を感じたり、心の平穏がもたらされたりすることはない。自分の不調と相まって不愉快な絵のように感じた。

周りの患者たちは大型液晶テレビをみながら座っている。基本的に皆、普通の人だが、稀に不穏な空気を感じるときがある。

「なんでそういうことというの？　なんでそういうことというの？　わたしなにもしてないのにいい！」

前の席にいた茶髪の中年女性が突然母親に向かって怒鳴りだした。顔を真っ赤にして、目には涙を浮かべている。

年老いた母親とやってきた看護師がひたすら宥めていたが、親も子も大変だと思う。これは決して人事《ひとごと》ではない。僕だってあの中年女性と同じことをしただろうし、似たような目にもあってきたのだ。

「高井《たかい》伊知郎さん、第一診察室までお入りください」

スピーカーから主治医の声が聞こえた。僕は席を立つと、少しの期待を抱きつつ第一診察室に入った。

「どうもこんにちは」

いくらか太ったメガネの医師が待っていた。髪も髭も白いが意外と若いことを知っている。

「どうですか？　体調は」

「苦しいですね、毎日苦しいです」

僕はすがるように主治医に目を合わせる。

「だるくて仕方ないです。意欲がわかないし、休みの日は十二時間以上寝てしまいます。ところどころ体の動きもおかしいし、尿も出にくいです。あと性欲がありません」

これは全部本当のことをしゃべっている。他にも症状はあるが些細なことまで挙げていったらキリがない。

昔の僕だったら、貴重な一日の半分以上を寝てしまうなんてことはなかった。それだけ寝たら逆に調子が悪くなっていたはずだ。

体の動きのおかしさは些細なことが多いが、特に激しい貧乏揺すりをすることが多くなった。尿はひたすら力を入れないと出ないし、性欲に関しては閉口するしかない。

僕はこの苦しみの原因がわかっている。薬の副作用だ。

統合失調症を抑えるための薬は非常に強いもので、その分、副作用も強烈になる。同じ薬を飲んでいても出てくる症状は人それぞれで、僕はかなり酷い方だと思う。

この病気になるまで薬の副作用のことなど考えもしなかったが、今では至上の問題になっていた。僕は薬を減らすことで副作用が軽減されることを期待していた。

「先生、もう少し薬を減らすことはできませんか。こんなものを飲んでいたら僕は駄目になってしまいます」

「高井さん、もう少し我慢しましょう。一度に減らすと体調によくないです」

「ですが、もう一年以上薬が減っていません」

本当は一年どころではない、この五年間、僅かな変化くらいでほとんど薬は変わっていない。他の患者の話を聞いていると、もっと減ってもよさそうなものだった。

「焦るのはよくありません。大丈夫です。最終的には予防薬に切り替えられるよう頑張っていきましょう」

「先生、本当に苦しいんですよ」

「もう少し我慢しましょう。しっかりみていきますから」

僕は肩を落とした。結局今回の診察でも先生は薬を減らす気がないらしい。

「高井さん。ご家族との関係はどうですか？」

主治医はうちの家庭環境が僕に悪影響を及ぼしているのを知っているのか、毎回そう聞いてくる。

「父には相変わらず力で押さえつけられています。母とはまあ普通かな、弟と従妹には軽蔑されていますよ」

主治医は深く頷いた。

「あまり考えすぎないように、よく休むことが大事です」

二週間分の薬を処方されると、診察は終わった。結局、なにも変わらなかった。薬は確かに必要だ。これがないと多分幻聴が酷くなり、もっとひどい目に遭う。だけど今は今で悲惨な目に遭っているのだ。これから先の苦痛を考えると、僕は鬱々とした思いでいっぱいだった。

待合室でがっくりうなだれ、天を仰ぐと、また青空の絵がみえた。

「まるで、薬の色みたいな空だな」

青も白も薬に使われている色だった。そう考えるとあの空の不快さも納得できる気がする。


いつも診察が終わると薬局で処方された薬を購入する。それからデイケアに参加する流れになっていた。デイケアセンターに入ると、窓越しに中河がにこやかに声をかけてきた。

「伊知郎さんおはようございます。今日もさわやかですね」

「どこもさわやかじゃないですよ。適当なこといわないでください」

「体調もよさそうじゃないですか、目も心なしか生き生きとしています」

「うんざりしてるんですよ。無気力病にやられて」

中河は親身に話してくれる良い職員だけど、たまにいうことが大きくずれるので、まともに聞かない方がいいときがある。

「それはいいとして中河さん、アビリンピックについて詳しく聞きたいんですが」

中河が「あら」と声を出す。

「伊知郎さん、アビリンピックに興味持たれたんです？」

中河が笑いの権化のような笑みをさらに深めてくる。

「興味あるっていうか、就職に繋がるなら頑張ってみたいっていうか……」

いまいち煮えきらない口調になってしまったが、今の僕には未来に繋がる事案がなにもない。もしアビリンピックが障害者にできる仕事へ繋がる可能性にわずかでもなるのなら、挑戦してみたかった。

「それで、出るとしたらホームページ職種に出たいんです。でも僕のWEBの知識って古いんで」

僕が六年前に作ったホームページはプロフィールと日記、写真が載っている程度の粗末なもので、アビリンピックがどんなものかは知らないが、多分今のままでは戦えないだろうと感じていた。

「そうですね。それなりの勉強をしなければアビリンピックで良い成績を収めることはできないです」

中河は引き出しから何冊か本を取り出し、僕の前にある台に置いた。

「これ、教本ですか？」

ホームページの基本になるHTMLとスタイルシートについてのレッスンブックとリファレンスブックが置かれていた。実は中河の前職はホームページのコーディングの仕事である。その関係で彼女はデイケアのＷＥＢ関連の仕事も任されているのだ。

「基本的にはレッスンブックの方を毎日やってください。リファレンスブックはわからないタグがあったときに開くと理解が深まりますよ」

タグとはＨＴＭＬという言語で使う命令文のことだ。<html>のように文字が山カッコに挟まれたものをいう。これを組み立てていくことでホームページはどのようにも作ることができる。たとえば背景やテキストのデザインや別のページに飛ぶリンク、画像などもタグを使えば設置できるのだ。

「すみません、これ貸していただきます」

「良いですよ。毎日続ければきっと良い成績を残せます」

「そうでしょうか？」

「ええ、伊知郎さんは自分では気づいていないでしょうけど、もの凄い力を持った人ですから」

本気にするわけがなかった。聞いた先からため息をつきそうだった。

「私は嘘をいっているわけではありませんよ？　私は伊知郎さんを買っています。いつか病気という縛りがなくなった伊知郎さんが、社会に羽ばたく日が来ると信じています」

本当にそうなったら良い、とは思う。だけど今の僕には自分が元気で仕事をしている姿など、全く想像がつかなかった。


家に帰ると、パソコンを起動し、僕のホームページを開いてみた。

このソーシャルネットワークが発達した時代において、僕の個人ページはネットの僻地と呼ぶにふさわしい。タイトル画像の下にはアクセスカウンターが置かれている。

実はホームページの更新だけは続けていた。誰もみていないサイトの日記を、結構な頻度で書き続けているのだ。家族と上手くいっていないことはぼかしていて、デイケアでの日常を書き連ねている。

多分、他人がみて面白いものではない。だけど一日のことを文章にまとめて、ネット上にアップロードしていくと、少しだけ心の整理がつく気がした。

今日はホームページの勉強を始める。僕はホームページをやる……。

自分に言い聞かせると、まずはレッスンブックを開き、出版社のサイトからサンプルデータをダウンロードして勉強を始めてみた。

こういうことを始めるときは、理解しているところでも順序よくやっていくべきだろう。どこがわかっていて、どこが抜けているかなんて、ぱっと見ではわからないのだ。

たとえば実際に本を読み進めていくと、以前僕がよく使っていた
という改行タグは連続して使わない方がいい、ということが書いてあった。

意外だった。これを使うと強制的に一行下げられるので、サイトのデザインの調整に凄く役に立つのだ。よくない理由としては、ホームページをみる環境によって見栄えが違ってしまう、とのことだった。

つまりホームページはどの環境においても、できる限り同じようにみえるのが望ましい、ということだ。

　中河が作ってくれたメニューには毎日レッスンを一つずつこなしていくように書いてあったが、今日の僕は調子がよくて、どんどんレッスンをこなしていった。今まで気づいていなかったが、もしかして僕はホームページ作りの才能があるのではないか、と調子に乗るほどだった。だが三十分後、完全に調子を崩した。

　際限なく勉強してやろうとしたせいでブレーキをかけられず、布団の上で頭を抱えて悶え苦しむ羽目になった。

　脳が締め付けられ、視界が歪む。耳にはあらゆる雑音が増幅され、ゴオオオォと殺人的な音波になって入ってきた。ひたすら息が苦しい。

　今回は、手応えがあった。今までなにに手をつけても苦しみしか感じなかったのに、ホームページの勉強は前向きにできたのだ。

　だけど結局こうなってしまう。いや、いつだってこうなることはわかっているのではないか。僕は前向きになにかを勉強することができないのではないか。

　僕はたまにこう考える。あくまで僕の思想だが、統合失調症とは、自分を耐えられない苦痛から守るため獲得したものではないか、と。

　苦痛を耐え続け、頑張ろうとしすぎた僕は重度の統合失調症にかかり、しまいには無気力人間と化してしまった。

　だけどこれは体が求めたものなのだ。ストレスに対して歯止めをかけるため、必要だったたからそうなっただけなのだ。

だけど世間はそれを許してくれない。親父も弐郎も、みんながクズだ、クズだと僕を馬鹿にする。僕だって今の自分を許したくない。

全く――馬鹿馬鹿しい。

布団の上でどれだけの時間を過ごしただろうか。頭の圧迫感や息苦しさと戦い、疲れはて、いつしか沼に沈んでいくような眠りに落ちていった。


五年前。

腕に点滴が繋がれている。体は異常に震え、僕はベッドから動くことができなかった。

これが人生の終わり。そういわれても大げさだとは思わなかっただろう。

当時、僕は東京の大学を中退し、精神科への入退院を繰り返していた。どこに行っても幻聴に悩まされ、ボロボロになった末に強制入院させられたのだ。入院生活は地獄そのものだった。なにが地獄か。自由を奪われ、閉じこめられていることではない。問題は飲まされる薬だった。

精神科で飲む薬というのはとても強い薬で、治療に効果がある代わりに副作用もたくさんある。僕は多量の薬を飲んだ結果、尿が蓋でもされているかのように出なくなった。漏れそうなのにいくら力を入れても出ない。結果、僕は発狂せんばかりに苦しんだ。それを止めるためにさらに別の薬を飲んだ。下剤を飲まなければ便も出なくなり、異常なまでに体が震えるようになった。どういうわけか全てにおけるやる気が減退し、テレビをみるのも苦痛になり、寝ることしか楽しみがなくなった。

それでも一ヶ月ほどで退院することはできた。一旦そこで幻聴も止まり、治療は成功したのだ。

しかし以前の自分には戻りようがなかった。

「これからどうすれば良いのだろう」

大学は中退し、体は健康だった頃に戻りようがない。

「人間らしく生きていたい」

その望みは叶わなかった。退院してからの日々は無気力との戦いだった。好きだったことをしようとしてもすぐにやめてしまった。寝てばかりいてなにもしなかった。誰かに責められているような妄想は常にあった。

「こいつ家に帰ってもなにもやってない。全然頑張らない。周りに嘘ついて悪いことばかり考えてる。殺そう、そうだこいつ殺そう」

幻聴というものであった。最初は隙を突くように、徐々に激しく四方八方から罵声が聞こえてきた。

自分のできないこと、やれていないこと、思い浮かんだなにもかもに対して、起きている間、ずっと責められ続けるのだ。

慌てて頑張っていることを幻聴に対し「アピール」するため家の仕事を始めると「もう遅い

よ」と冷たい声が聞こえてきた。

幻聴が激しくなってくると神経が休まらなくなり、一日四時間しか寝られなくなった。起きた途端、僕を殺さんばかりに罵声の嵐が聞こえてきた。しまいに限界がきて、苦痛で目が飛び出しそうなくらいに顔が歪み、もはや家で寝ていることすら困難になった。

「もう入院するしかない」

母親に頼んで病院に連れていってもらうと、通っていた病院の病棟に空きがなく、さらに遠くの病院まで運ばれることになった。

「一体、僕はどうなってしまうんだ」

こうしている間にも「こいつ脳溢血《のういっけつ》にして殺しちゃおう」と聞こえてくる。こんなボロボロになった人間を殺すまで追いつめるなんてまさに鬼の所業である。

「だけどそれは形あるものなのか?」

答えは出ない。ただ自分が今、苦しくて、楽になるなら今すぐ車にひかれて死にたいとか考えてしまって、それを思うと幻聴が「そうだ死ね、その方がまだ格好いいよ」と追い打ちをかけてくるのだ。

「僕は死にたくない、この苦痛から逃れたい、健康な体で人生をやり直したい」

これが正しい本音だった。けれど今、向かっているのは精神科なのだ。また隔離される日々が待っている。もう先には一択しか残されていない。

病院に着くと、母に肩を貸してもらい、なんとか中に入った。診察室で主治医になる医者に会うと、母が詳しく話をしていた。僕はもう冷静に自分の惨状を説明することができなかった。

主治医が同意書にサインをするように指示してきた。

「入院期間、三ヶ月」

前回の三倍であった。なんの刺激も楽しみもない場所で心の自由を奪われて三ヶ月も閉じこめられると思うとこの場で泣き出したい気分だった。しかし僕はやたらと震える手で、いびつな丸を書いてしまった。

看護師に案内され、閉鎖病棟に入ると、母が持ってきた古いパジャマを着た。力なく過ごす患者たちの姿が目に入った。自分の内面をみているかのような目で、ぼーっと、一つしかないテレビを眺めていた。なぜか「戻ってきた」と感じた。

病棟に入れられてからも幻聴は止まらなかった。ここに逃げこんでも外とまるで同じだった。

「不安が、不安が止まらないんです」

ちゃんといえたかどうかもわからなかったが、看護師が橙色の薬を持ってきた。

「一日八錠までしか飲めない薬ですが」

僕はそれで幻聴が止まるなら、と思ってすぐに飲んだ。まるで効かなかった。

症状はどんどん悪化していき、震えのあまり逆に体は硬直していった。主治医からパーキンソン病の傾向があるといわれた。どうやら体が震えて固まっていく症状のことをいっているらしい。点滴が繋がれ、注射を打たれた。

食事はまともにとれなかった。看護師が箸で僕の口に焼き鮭を入れるが、入れた先からボトボト服にこぼした。

ああ、これが、最期の時なのかな。

思い出せるような良いことなんてなにもなかった。辛いことばかりだった。それでも人生には希望があると信じて、我慢して生きてきた。それなのにたどり着いた先は、ここだった。

目から涙が出てきた。こんなの話にならない。まだ終わりたくない、こんなところで終わりたくない。

僕は神に祈った。心の底から信じたい気分になっていた。

もし僕がこの状況から脱することができたら、社会の役に立つ立派な人間になります。人のために生きる人間になりたいのです。

絶対に。

絶対に――。


酷い夢だった。いや、夢というより記憶の再生をみせられていた。

僕の過去は地獄だった。五年間、数えきれないくらい同じ夢を見続けている。

目を開けると、薄すらと人の影がみえた。よくみると、どうやら親父が枕元に立っているようだった。

急に現実に引き戻される思いだった。この人はどうしていつも勝手に僕の部屋に入ってくるのか。

「おい、勝手に部屋に入るなっていってるだろ」

僕が目をこすりながら怒鳴ると、親父はいつものように鼻で笑った。

「なにが『人の役に立つ立派な人間』だ？　『人のために生きる』だ？　お前随分殊勝な夢をみていたんだな」

胸に強烈な杭が打たれる思いだった。一気に眠気は吹っ飛んだ。

親父が話している内容は間違いなく今みていた夢の言葉だった。どうして親父が僕の夢の内容を知っているのだろう？

「まさか、僕は寝言をいっていたのか？」

「そりゃあ寝言だろうな、お前の日頃の生活をみてれば寝言に違いない。呆れたよ、俺は」

親父は冷たく笑うと、自分の部屋に戻っていった。ただ僕を馬鹿にするために来たのだろうか。

あまりのいわれように、ただ茫然と開いた襖の先にある壁を眺めていた。

本当に、酷い目覚めである。

日は変わって夜中の二時になっていた。僕の心は一層黒く濁っていた。

過去を覗かれ、自分を否定される。その上、理解されない苦しみの上面だけを馬鹿にされた。

僕はあまりの恥辱になにも言い返すことができなかった。

「畜生、なんだっていうんだ……！」

どれだけ憤っても、もうその怒りを向ける対象がいない。思うがままに怒鳴り散らしたかったが、今はもう夜中である。そのくらいの分別がある自分が滑稽だった。

親父に対するむかつきのせいで眠気は完全に覚めてしまっている。

なにかやることをみつけようと体を起こし、立ち上がるといくらか頭がふらっとした。次に机の上に目をやると、パソコンがつけっぱなしになっているのに気づいた。

そうだ。僕は勉強の途中に調子を崩し、ファイルも開いたまま眠ってしまっていたのだ。

僕は自然に流れ出ていた涙を拭うと、机に向かって再び勉強を始めることにした。いつもだったら布団に潜っている時間だが、もう全然眠くなかった。

――親父に馬鹿にされたままでいられるか。

僕は怒りをモチベーションに変え、日中よりもハイペースで勉強をし始めた。親父や、弐郎が馬鹿にするアビリンピックで結果を残してやろうという気になっていた。

そのアビリンピックでの出場競技はホームページだ。そのホームページの基になるファイルでは、名前の後につく拡張子をＨＴＭＬという。

ＨＴＭＬのデザインを決めるのがスタイルシートだ。これを使えば二十個のＨＴＭＬがあってもスタイルシートを変更するだけで一度にデザインをリニューアルすることができる。

そのスタイルシートの理解がなかなか難しい。僕は本と照らし合わせながら、一つ一つ単語を覚えていった。

「私は伊知郎さんを買っています。いつか病気という縛りがなくなった伊知郎さんが、社会に羽ばたく日が来ると信じています」

昨日、中河はそういってくれた。彼女は家族に馬鹿にされながら、なに一つ生産しないで五年間くすぶっている僕を認めてくれた。

だったら、僕は今できることをやる。少なくともこの勉強は今のところ続けられるのだ。

俺の朝は早い。毎朝五時に目を覚ますと、柔軟体操を念入りにして町内を何周も走る。補欠部員がやっているような走っているのか歩いているのかわからないようなチンタラペースではない。陸上部の選手のつもりで走る。

朝は空気が冷たくて頭が冴える。直線の道には誰もいない。

走る。体がどんどん活性化していく。汗を拭った。毎日俺は進化していく。努力は人を裏切らない。実際、学校で俺を負かす奴はもういない。

俺は自信に満ちていた。結果はどんどん己を押し上げてくれると感じていた。

家に戻ると、母親が朝食を作っていた。俺は無言で食卓に座る。

ご飯に味噌汁。あとは……卵が、ない。

「はあ？　卵買ってねえのかよ。タンパク質がない食事なんてカスだ。死ねよ」

かなり強く怒鳴った。それなのに母親は俯いてなにもしゃべらない。こいつ謝る知能も持ち合わせていないのか。

「ふざけんなババア聞いてねえのかよ」

母親は暗い表情のまま黙り込んでいる。俺は舌を鳴らして、味噌汁茶椀を汁ごと床に叩き付けた。そのまま片付けもせず、不快な気分で自転車に乗って学校に向かった。

坂道を走り抜け、学校に着くと見慣れた顔がいくつかみえる。同じ硬式テニス部でクラスメイトの津野《つの》と川口《かわぐち》だった。

「よージロちゃん」

坊主頭の津野が手を振ってくる。ヒョロ長い顔の川口も一緒だ。ジロちゃんというのは俺のあだ名である。

「よお、お前ら朝練行ってたのか」

二人はジャージ姿である。津野は背が低くて気が弱いが人を笑わせるのが上手い、面白い奴だ。川口は変な顔をしているがノリが良い。

「ジロちゃんも朝から走ってんだろ、よくやるよ」

川口が苦笑いをしていう。

「お前ら受験の方はどうなってるんだ」

「推薦入試は無理。良いよなジロちゃんは」

「俺だって百パーじゃねえよ。落ちたら一般入試だ」

「そんなことといって余裕かましてんだろ、どこ狙ってんだよ」

俺は今年の選手権で県のベスト8に選ばれた。既に多くの高校から声がかかっているが、進学校で設備も悪くない上坂《かみさか》高校が最も行きたい進路だった。

クラスに入ると、俺はニコニコ顔を崩さずにみんなにおはよう、おはようと挨拶をした。みんな俺の笑顔に気分が明るくなるようで、女子になると照れたように笑う子までいる。俺のことを好きになってくれただろうか、と胸が躍った。

コミュニケーションは数をこなし、質を高めるべきだ。俺はクラスの隅で身を縮こまらせているクズを鼻で笑った。常に誰かに助けを求めているような、アンテナは張っているけれどどなにもひっかからないような、ああいう弱者をみるとイライラする。まるでろくでなしの兄貴と重なってみえるのだ。

そうこうする間に奴はクラスの不良に絡まれ、面白半分に腹を殴られ呼吸困難になっていた。これが自然な流れである。あいつは救いを求める目であらぬ方向をみているが、助けてもらえるわけがないだろう。

一方で可哀想だと思わないわけではない、だけど俺はそういうもめ事からは線を引いている。関わると損をするだけだからだ。

朝礼が始まると、担任は受験シーズンの思い出語りをして皆を無言にさせていた。散々白けた後に授業が始まった。

授業の時間、寝ている奴は馬鹿だ。まずついていけない時点で話にならない。自分なりに理解した上で、独自に問題を解き理解を深める。どうしてもわからなければ教師に漏らさず聞く。家でも宿題は欠かさずやる。そうすればわざわざ塾なんかに行かなくても成績は上がっていくはずなのだ。正攻法である。

ただ、勉強に関しては従姉《いとこ》の三津子にはかなわない。俺は三津子のことだけは認めていた。あいつは頭の作りが違う。多分だが、あいつは黒板をみただけで書かれているあらゆることを覚えてしまう。兄貴をみてもわかるが、同じ血を分けていても大きく差がつくものなのだ。

授業が終わって掃除を済ますと、クラスは放課後学習の時間になる。受験生たちはこぞって勉強に励むが、俺は参加しない。今日の放課後は行くところがある。

テニスコートに行くと部員たちが俺に頭を下げた。俺はテニス部の前部長で、今でも練習に参加している。

部長になったのは内申書がよくなるからだった。もちろんそれなりに仕事を果たした自負がある。

積み重ねた実績は無駄ではなかった。上坂高校のオファーも、来ている。

「やっぱ俺はこうじゃなきゃな」

コートに入って後輩たちと軽くラリーをして体を慣らすと、練習試合をすることになった。相手は二年のエース。相手にとって不足はなかった。

うちの中学のテニスコートは一面しかない。なるべく皆が練習できるよう、試合は短時間で終わる四ゲーム先取であった。

俺はベースラインのやや後ろに立つ。まずはレシーブである。

テニスはサーブ側が有利だ。一気に引き離されることも珍しくない。だけど俺はそれをさせないことで試合に勝ってきた。

二年のエースがサーブを打った。さすがに良いトップスピンがかかっていたが、コースがシンプルで読みやすい。それから際どい球の打ち合いになったが、次の相手のレシーブが少し浮ついたのを俺は見逃さなかった。素早くネットに詰めてボレーで軽くポイントを先取する。

それから俺は相手を翻弄した。相手より一歩早く、拾えないコースに球を打つ。相手は体勢を崩し、同時に自分のペースが摑めなくなる。こうしてしまえば試合はこちらのものだった。

四ポイント先取し一ゲームをとると、次のゲームではキレのあるサービスを連発した。その流れのまま、三ゲームを俺は先取した。

そして四ゲーム目、一ポイント失った後、続けて三ポイントを取って王手をかけると、疲れきった相手が浮ついたボールを打ってきた。俺は前に飛び出し、ラケットを振りかざした。

俺は球をストレートに打ち込み、試合を制した。

なにもかも上手くいっている。俺はタオルで顔を拭うと、人知れず笑みを浮かべた。

三ヶ月が経った。僕は今日もデイケアに通い、他の利用者と卓球の試合をしていた。

僕は太ったおばさんが放ったポコンと上に上がったサーブを、おばさんがいない場所にちょこんとレシーブする。

「アラァ！　負けちゃった！」

おばさんは球のはねる位置まで戻ることができず失点すると、大げさに声を上げた。

「伊知郎君優勝おめでとう！」

倍以上年上の利用者たちが僕の勝利を盛大な拍手で祝ってくれた。僕はラケットを置いて力なく笑った。

デイケア内でのトーナメントで優勝したからといってなにかを達成したという感慨深さはない。そもそも僕はこの五年間で三十回くらいは優勝していた。

トーナメントが終わると、まだやりたりない人たちがそれぞれ卓球で遊んでいる。僕はもう飽きていた。

「伊知郎さん、成功体験というものは大事だと思うんです」

ピンポン球がカコンカコンと鳴る音を聞きながらぼけーっと休んでいると中河が声をかけてきた。

「こうやって卓球で一番をとることも伊知郎さんの自信になります」

「そりゃ五年もやってればねえ」

「頑張ってきたからですよ」

僕は卓球を頑張ったという意識はない。見よう見まねでやっているので、技もあまり知らない。しかし中河はひたすら僕を肯定してくれる。

「ですが、私はその頑張りが心配です」

僕は中河の意図が一瞬わからなかったが、すぐにアビリンピックの話だとわかった。僕はこの三ヶ月、ひたすらホームページの勉強に時間を費やしてきたのだ。

「アビリンピックももうすぐですが、私ちょっと頑張りすぎなんじゃないかって心配してます」

中河が率直にいう。心配しているときも笑顔のままだが、微妙に眉尻が下がっている。

「体調管理できてますから、問題ないですよ」

僕は中河を安心させるために強がりをいった。

その体調管理というのも、体調を崩さないで健康を維持するという意味ではない。具合が悪くなることを感じたときには、既に猛烈な不調が押し寄せてきている。そうなったら布団でひたすら休んで回復を図るしかなかった。

「それに僕には意外にもホームページの勉強が性に合っています。WEB制作会社に就職するのは無理ですが……」

ネット上を調べればホームページ技術がいかに果てしないかはわかる。僕は本当に隅っこをかじっているだけなのだ。

「伊知郎さん、WEB制作会社じゃなくてもパソコン技術が生かせる職場はたくさんあります。

今の時代どこにいってもパソコンは使いますからね」

みんなそういう。実際にそうなのだろう。だけど前の職場での僕はパソコンどころではなく、次々やってくる仕事に追いつめられるばかりだった。

だから本当に今やっていることが正しいのか、わからない。わからないけれど、頑張れることをやりたい自分がいる。

「伊知郎さんの作品の進歩はめざましいものがあります。教本の内容より進歩していますよ」

「そうでしょうか？」

「基本に忠実で、タグも凄くきれいに並んでいるし、デザインにも光るものがあります」

中河が狐目を細めて笑う。どうも本気のようだった。

僕はただ教本の内容に沿って作っただけで、デザインという程、大それたものではない。中河が出してくれた題材に近いデザインのホームページを、ネット上で探して参考にしただけのものなのだ。

だけど一旦褒められると、自分の作品に対する印象までが違ってきた。確かに僕の個人ホームページとは比べ物にならないくらいに整ったデザインだし、見やすくなっていた。自信を持っていいのだろうか。

「でも伊知郎さん、燃え尽きたらそこで最終回になってしまいます。人生は細く長く行けばいいんですよ。無理はしないでくださいね」

多分またなにか僕の知らないアニメの話をたとえにしているのだろうが、中河のいっていることはよくわかった。入院だけは二度としないつもりだ。

　今月末のアビリンピックまで、一週間を切っていた。


　アビリンピック前日の夜。僕は主催者側に指示された課題をＣＤ－Ｒに保存していた。アビリンピックのホームページ職種では事前に作ってくる事前課題と、当日出される規定課題の二つがある。今ＣＤ－Ｒにデータを入れているのは事前課題の方だ。

　そう時間もかからず事前課題の保存が終わったので、ＤＶＤドライブを開きＣＤ－Ｒを取り出した。これで明日の準備は整った。

「伊知郎君最近どうしたの？　急に変な物に執着しちゃって。アベ、リンピックだっけ。そんなの出ても一円にもならないんでしょ？」

　三津子が僕の後ろでトッポという棒状のお菓子を食べながら口出ししてくる。アベリンピックではなくアビリンピックだが、どうもなかなか名称を覚えてもらえない。

「だってお金ないと生きていけないんだよ。伊知郎君の学歴は馬鹿田大学文学部中退だからどうせろくな仕事につけないいんだろうけど。私、従兄《いとこ》が行き倒れるのなんてみたくないよ。弐郎君なんて絶対養ってくれないし」

　ほとんどクズに対する物言いである。この評価の低さはなんとかならないのだろうか。馬鹿田大学などという大学も存在するはずがなく、要は僕が居た大学を虚仮《こけ》にしているのである。

「随分好き勝手いってくれるじゃないか。だけど僕はやれることをやるだけだよ。それでいいと思ってる」

なにしろ三津子は将来のある高校生の身分だ。成績優秀どころか全国模試でもトップクラスを維持している。それでいて塾にも行かず、こんなところに遊びにくるのだから余裕である。

「お前は勝手に東大にでも入ればいいさ。僕のことなんかほっとけよ」

「はあ？　別に東大なんて入りたくないし。それより伊知郎君、それって思考停止じゃないの」

三津子の執拗さに僕は不気味なものを感じた。僕に関わるなといっているのにしつこく食いさがってくる。

「僕は思考停止なんてしていないよ」

五年間ずっと答えのでないことを考え続けてきた。今だって考えている。

「お前にわかってもらおうなんて思わないけどね」

三津子はまだなにか言いたげだったが、相手にしなかった。これでも僕は明日のことで忙しい。

ただ、たまに思う。今すぐ全てのやりたいことに手が届くのならば、どれだけ心穏やかにいられるだろうかと。

「るっせえんだよクソ婆ァ！」

全身の毛が逆立つほどの邪気のこもった怒声だった。三津子も「キャアッ」と恐怖で声をあげてしまった。どうも弐郎が母を怒鳴りつけているらしい。

「俺はユニフォームの洗濯しとけっていったんだよ！　なのになんで体育着しか洗濯してねえ

んだよ？　舐めてんのかてめえ？」

反抗期にしても弐郎の物言いは酷い。大声で怒鳴っているせいでこちらまで十分聞こえてくる。

「ちょっと止めてくる」

「伊知郎君、暴力はダメだよ。負けるから」

三津子は僕と弐郎が殴り合いの喧嘩にならないか心配してくれているようだった。

こういう時、母と不仲の親父は止めに入らず部屋にこもっている。弐郎に対しては特に甘いのだ。あの人のああいう不公平さも不快だった。

台所に入ると予想以上の惨状が目に入ってきた。母の作った味噌汁が床にお椀ごとたたきつけられていて、食器がいくつか割れていた。弐郎の怒りは相当な物だった。母は泣き顔で滅茶苦茶になった食卓を眺めていた。

「おい弐郎、やめろよお前。なにやってんだよ」

「なんだてめえ、汚い顔見せるんじゃねえよ役立たずの引きこもりが！　とっとと部屋にひっこんでろ」

弐郎の汚い罵声にはどこをどうとっても苛立ちしか覚えなかった。人の価値を勝手に最低と決めつけるこいつの言葉になんとか反論したかった。

「馬鹿にするな！　僕だって毎日……パソコンの勉強をしてるんだ。そういうお前はいうほど偉いのか。いいから汚したものを片付けろよ！」

「お？　いってくれるじゃねえかクレイジーが？　いっとくけど俺は県でベスト8だぞ。お前なんかとは格が違うんだよ」

　弐郎がゆっくりと近づいてくる。もしかしたら殴ってくるかもしれない、と僕は恐怖した。

「そ、それがどうした。お前よりテニスのできる奴なんてごまんといるんだ！　あまり思い上がるな！」

　僕は必死で踏みとどまったが、弐郎が凄い成績を残しているのは知っている。僕はそんな大きなことを成し遂げたことなど、一度もない。

「ふん、だったらな。お前、アビリンピックだっけ？　それで優勝できなかったら死ねよな」

　弐郎がとんでもないことをいってきた。

「なんだと……？」

　僕が言葉に詰まると、弐郎は悪魔のように僕を睨みつけ、笑っていた。

「俺はいつもそのくらいの覚悟で試合を戦ってるぜ。いいな。負けたら死ねよ」

　そう嘯《うそぶ》くと弐郎はポンと僕の肩を叩き、片づけもせず自分の部屋へ戻っていった。

　この上なく不快なやりとりだった。僕だけでなく家全体が陰気な空気に包まれていた。


　十月六日。山梨県障害者技能競技大会（アビリンピック山梨）会場の「ポリテクセンター山梨」に僕は足を運んでいた。新平和通り沿いにあるこの施設では普段、求職者の職業訓練が行われているらしい。

結構大きな建物で、施設正面は縦長のガラス張りになっていて洒落ている。駐車場も広く、どれだけ選手が来ても十分車が停められそうだった。

「まさかここが会場とはねえ。どこの会社の建物なのかなって思ってたけど、なにやってる場所なの？」

なぜか三津子もついてきていた。あれだけ馬鹿にしていたのに興味があったらしい。そんなに見学して楽しめるような大会なのかどうかはわからないが。

「学生服着てる人たちもいる。アビリンピックって高校生も出るの？」

「ううん、どういう人たちなんだろう」

彼らは一見変わったところのない少年少女にみえるが、もしかすると障害者の通う特別支援学校から来ているのかもしれない。そういえば送られてきたアビリンピックのパンフレットに十五歳以上から参加できると書いてあった。

「もう受付が始まってるのかもしれないな」

まだ時間よりいくらか早いが、とりあえず中に入ってみることにした。三津子も後からついてくる。

「凄い……！」

三津子が口に手をあてて驚いている。受付を並んで待つ数十人の選手たちの中には恐らく精神、知的、身体の三障害の人たちが揃っていた。杖をついている人もいれば、電動車いすの人もいる。明らかに知的障害を持っている人もいた。

「こんな世界が、あるんだ……」

三津子は放心したようにその場を眺めていた。正直僕にとっても慣れない光景だった。精神科の世界は知っていても、身体や知的障害の世界は知らなかった。

彼らはそれぞれ知り合い同士のようで、仲良く会話をしていた。僕はなんとなく自分が部外者なのではないかと不安になったが、初めてなのだから当然のことだと思い直した。

受付の順番が回ってくると、僕はホームページ職種の欄に名前があるのを確認した。僕の他には四人の名前が書かれている。

受付が済むとエレベーターで二階に上がり、競技会場の部屋に入った。既にほかの選手が座っている。僕の番号が書かれた机がみつかったので、そこに座った。

「ふうん、ホームページ職種か。ねえ伊知郎君、float《フロート》、って理解してる?」

三津子が突然スタイルシートで使うプロパティについて聞いてきた。要素の配置や回り込みなどに使うものだが、勿論僕は知っている。なにしろこれを理解するために結構な日数を費やしたのだ。

これを使うとメニューボタンを横にずらりと配列したり、エリアの横にエリアを配置したりするのに大変便利である。

「知ってるよ。ちゃんと勉強した。これができないとレイアウトがしんどいからな」

「ふうん、一応勉強したんだ」

「お前スタイルシートのこともわかるのか?」

「友達のホームページ作るときに勉強したから」

自分の従妹ながら、三津子はちょっとした天才である。黒板の内容をみていれば大体の理解は済んでしまうと豪語しているが、実際その通りなのだろう。なにをやらせても片手間で一定のレベルに達してしまう。

「伊知郎君、じゃあ私行くね」

「帰るのか？」

「ううん、ちょっと別のところもみにいってくる」

この会場では他にも競技が行われている。パソコンの競技など傍《はた》から見ていてもつまらないだろうが、サービスの良し悪しを競う喫茶サービスなどは見学するのも面白いかもしれない。

三津子がいなくなると、周りの選手のことが気になった。

僕の隣では緑色のパーカーを着た青年が鼻息を荒くしながら教本を読んでいた。前の席には車いすの女性と男性が一人ずつ、後ろの席には電動車いすに乗った女性が座っている。

教本は一冊だけ持ち込みが認められていた。前の二人が持っている教本はＸＨＴＭＬ、ドリームウィーバーなど、僕の感覚からするとかなり高度な内容のタイトルが書かれている。

全員ベテランなのだろうか。これでは優勝は難しいかもしれない。

「いいな？　負けたら死ねよ？」

弐郎の言葉が蘇ってくる。僕は急に怖くなった。負けて帰ったらなんといわれるだろうか。家に帰ってあいつと顔を合わせたくない。

勝てる可能性の低さを考えては委縮し、そうかと思えばまた別の不安がこみ上げてくる。試合までの時間が長かった。こんなに緊張するシチュエーションは大学受験のセンター試験以来である。

そのうちに競技委員が競技の説明を始めた。時間は百二十分。用意された素材を使ってホームページを作成し、指定のフォルダに保存する。USBにもバックアップをとっておく、とのことだった。競技委員の女性が事前課題を回収すると、あとは競技開始時間を待つのみとなった。

残り一分前になると、緊張がピークに達した。一秒一秒時計で追っていく、この数ヶ月の成果が問われるときが迫っていた。

周囲から激しいタイピングの音が響きわたる。

競技が開始され、一分程経つとライバルたちは完成イメージを把握しているかのように、ひたすら作業にかかりはじめた。僕はいくらか気圧《けお》されたが、負けてはならないとまず問題文をしっかり読み込んだ。

内容としては山梨県の観光地を紹介するホームページを作るというもので、必要な素材を用意された中から選んで使用する指示が出されていた。作成したデータは指定のフォルダに保存することになっていた。

マウスやキーボードに触れてみると、自分の家で使っているものとは微妙に感覚が違っていた。普段は大して気にならないことが、競技では敏感に感じてしまう。

まず素材の内容を確認した。甲府城や美術館、昇仙峡《しょうせんきょう》など山梨県の観光地の画像。ワインやほうとうなど特産品の画像がそれぞれのフォルダに十個程入っている。画像のサイズはそれほど大きくない。拡大加工をすると画質が粗くなるな、と感じた。

僕はホームページを作るとき、まず各エリアの枠を決めたテンプレートから作り始める。コンテンツを流し込むテンプレートができていれば後からいじりやすいし、今後の作業がやりやすくなるからだ。

タイトル画像やメニュー項目が入るヘッダー（先頭）のエリア。その下に観光地や特産品を紹介するコンテンツエリア。その下にページの著作権情報などを書いたフッター（下端）エリア。ざっとこんな感じで大まかに分けておくのだ。

これも中河のくれた課題で学んだことではあるが。

テンプレートを作ると、既に時間は三十分以上過ぎてしまっていた。残り九十分足らずでコンテンツを作らなければならない。

ふと、前の席の二人が作業している姿に目が行った。みてはいけないのだけど、ちらりとみえてしまった。どうやらドリームウィーバーという、僕が使ったことのないホームページ作成ソフトを使っているらしい。

あれを使えばもっと手早く作業できる。それを使う彼らは相当腕が立つのだろう。くそっ。負けるものか。

僕は歯を食いしばり自分の作業に気持ちを戻した。

やれることは全部やるんだ。

まだ競技は終わっていない。問題自体ができていないわけでもない。今は戦うときだった。

素材データの中には画像だけではなく、特産品や観光地の説明文が入ったテキストデータも用意されている。画像を整然と並べ、テキストを流し込み、必要な見出しや線などを盛り込んで見やすいデザインに変えていく。

画像のサイズはどれも同じというわけではない。だからデザインが崩れぬよう、自分で画像を微調整して同じサイズで配置した。これが採点の基準にされるかはわからないが、自分がこの数ヶ月で身につけたデザインを信じた。

メニュー項目はボタン式にして、マウスポインタを近づけると色が変わるようになっている。この色を変える機能にもいろいろとやり方があって、線や画像などサイズの違いで酷いデザイン崩れが起きることがある。これにも僕は理解するのに何日も費やしたが、今では間違いのないやり方で作れるようになった。

本当は時間に余裕を持って各ページのミスチェックをするべきだった。しかし残り十分に迫っているのに、僕はまだ作品を完成させていなかった。

切羽詰まっているせいか明らかに胸の鼓動が激しくなっている。鼻息は荒くなり、小刻みに体が震えている。しかし勢いに任せ、抑えることもしなかった。

ホームページにはサイトマップというページを用意しているところがある。このサイトマップは複雑なホームページ内で迷子にならぬよう、ページの構造がリンク付きで紹介されている。これを開けば行きたいページを簡単に探すことができるのだ。

くそっ！　時間がない。

僕はそんなにタイピングが早くない。作業も遅い。だけどギリギリまでやれば完成できる。周りの選手はもう終わる準備をしている。ミスチェックは結局できなかった。だけどなんとか作品だけは完成させるんだ！

マウスをひたすら動かし、思いつくままに必要なテキストを打ち込んでいく。テキストは自作だ。もう思いつくままでいい。意味はきっと通っている。

残り一分。目を血走らせながら最後のリストの内容を打ち込み、リンクを入力し終わった。

……完成！　リンクミスは……多分ない。

指定のフォルダに保存を終えた数秒後、競技が終わった。僕は力尽き机に突っ伏した。

競技終了後、放心状態で休憩室まで行くと、僕は配給された弁当を食べながら長い時間呆けていた。

凄いものに取り組んでいたような気がする。自分が長期にわたって努力をするということ自体が久しぶりだったし、それが百二十分に凝縮されるのは五年ぶりだった。

だけどそれもこれで終わってしまった。あとは結果を待つのみだが、審査員が審査をする関係でこの後、数時間単位で待たされるようだった。

――楽しかった。

その一言が頭に浮かんで、僕はハッと正気に戻った気がした。

周りを見回すと様々な障害を持った人たちが弁当を食べている。学生たちは端の方で固まって雑談をしているし、全身が不自由な人は介助者にご飯を食べさせてもらっていた。不自由な手でも、ゴムで手に食器を固定して器用に食べている人もいた。

いくらか時間が過ぎると、交歓会という催しが開かれた。並べた席におやつが用意されていて、選手同士の交流を深めるためのものである。実際のところは審査までの時間稼ぎといったところだろう。

選手同士の交流といっても、ほとんど顔見知りのところに集中して座るわけで、目新しい交流ができるのは僕みたいな「新参者」くらいである。

しかも僕の座っているテーブルの他の二人は知り合い同士らしく、自分たちの話で盛り上がっていた。その内容も彼らが暮らしている施設の話のようで、どうにも話に割り込む気になれなかった。

「ここ、いいですか？」

女性の声がして顔を上げた。そこにはスタッフに連れられた、白いラブラドール・レトリバーを連れた少女が立っていた。なぜ犬を連れているのか不思議に思ったが、僕はむしろ少女の方に衝撃を受けていた。

切れ長で大きな瞳。細くきれいなアーチを描いた眉。木洩れ日に照らされた花のような、穏やかな輝きを放つ唇。少し儚いくらいに白い肌をしている。僕は一目で気圧されてしまった。この五年間、まともに若い女性と接していない僕には刺激的すぎた。

僕がなんとか「ど、どうぞ」と声を絞り出すと、少女はにこりと笑ってくれた。

「オーディン、シット、ダウン」

随分大げさな留め具をつけたラブラドール犬は机の下に潜り込むと、少女の声に合わせてその場に座って体を伏せた。随分レベルの高いしつけがされているようだ。こんなに人のいうことを聞く犬はみたことがない。一体彼を飼っている少女はどういう人なのだろう。

少女はスタッフに支えられながら、椅子に腰を下ろした。片手には白い棒を持っている。

「か、かわいいワンちゃんですね」

なにか声をかけたくて、こんな言葉しか浮かばなかった。少女が目を細めて笑う。

「はい！　私の相棒のオーディンといいます」

「相棒？　ですか」

「ええ、半年前からずっと一緒です」

こんな可憐な少女に「ずっと一緒」だなんて、犬になってでもいわれてみたいと思う。

「あ、僕は高井、高井伊知郎っていいます」

「申し遅れました。私、村中《むらなか》紀《き》乃《の》といいます」

丁寧な挨拶がこの上なく好ましく思える。お互い和やかに頭を下げ合った。しかし僕は既に顔が赤くなってしまっている。こんな顔をみられたら、一発で不審に思われてしまうのではないか。

女の子には良い思い出がない。僕は自然に振る舞うのが苦手で、可愛い女の子には必要以上に目がいってしまう。大抵そういうときは相手に警戒され、酷く嫌われてしまうのだ。今だって既に目をどこに合わせればいいのかわからずあらぬ方向を向いてしまっている。

だけど紀乃は一向に僕の挙動不審な態度など気にはならないらしい。涼しげな顔をしてニコニコと笑っているではないか。

僕は彼女の視線に違和感を覚えた。なんというか、微妙に僕と目が合っていないのである。オーディンのことも不思議だった。彼は本当におとなしい犬である。こんな狭い机の下でも体勢を変える程度でほとんど目立った動きをしない。これぞ忠犬だと思うほどだった。あまりにもおとなしすぎる。

彼に似た犬をどこかテレビかなにかで観たことがあった。確か……盲導犬だ。

もしかすると、紀乃は目が見えない障害なのだろうか。

障害について紀乃にストレートに聞くのは気が引けた。かといって会話は続けなければならないが、僕には若い女の子としゃべるような気の利いた話題もない。流行の歌手が誰なのかも知らないし、面白い遊びもスポットも全然知らない。一体なにを話せばいいのかわからなかった。

「あの、村中さんはアビリンピックではなにに出られたんですか」

こんなしょうもない質問しかできない自分が恥ずかしかった。それにも紀乃は嫌な顔もせず

「私はパソコン操作に出ました」と答えてくれた。

パソコン操作。確かそんな競技もあったけれど、なにをする競技なのかは忘れてしまった。

「優勝できてればいいんですが。他の人たちもベテランだし、難しいかもしれませんね」

「そんなこと。でも僕も同じですよ。みんな凄い人ばかりでした」

「そうですよね。でも私、これでも目標が高いんです」

「目標、ですか？」

「全国大会に行きたいの」

全国大会。ちらっとＷＥＢでみたが、アビリンピックでは全国大会というものがあるようだった。

どういう条件で選手が選抜されるかはよく知らない。僕は全くイメージしてこなかったが、紀乃はそれをモチベーションにして競技に取り組んでいるということか。

それからも僕らはいろいろな話をした。といってもパソコンやアビリンピックに関わる話ばかりで、距離を詰めるような会話はなかなかできなかった。紀乃もそれをよしとしてくれているようだった。

「高井さんはホームページが作れるんですね。凄いです。尊敬します！」

「いやあ、そんなことは……」

一瞬得意な気分になったが、自分のレベルの低さはよくわかっていた。ここで自慢などしたら自分の底の浅さがばれたときにどれだけ失望されるかわからない。

「私、パソコンで仕事をするのが夢なんです」

紀乃が目を輝かせている。その瞳はとても澄んでいて、眩しかった。

「できますよ。きっと。僕もそれを目指しているんです」

いくらかでまかせもいってしまった。WEBで仕事は無理だと中河にいったばかりなのに。

「でも難しいです。だって――」

紀乃が言い終わる前に、スタッフが二人入ってきて皆に静かにするよう呼びかけた。

「これから表彰式があるので、一階の会場まで移動をお願いします！　時間は十分あるので焦らないでエレベーターなどで移動してください」

楽しい交歓会が終わってしまうと思うと残念だった。これも全て紀乃のおかげだった。

「高井さん、ちょっと肩を貸していただけませんか？」

「えっ？」

僕は一瞬紀乃がなにをいっているのかわからなかった。

「入り口まで、オーディンがわからないところもあるから」

僕は紀乃のいうとおり肩を貸すと、二人でゆっくりと、皆の後をついてエレベーターの方に歩いていった。オーディンが僕らの前を歩いている。僕は予想外の申し出に体が固くなっていたが、同時に紀乃の障害に対する確信を抱いていた。

「ありがとうございます。こうしないとたまに壁にぶつかっちゃうから」

「壁に、ですか？」

「はい。手探りで歩くわけにもいきませんし」

やはり、この娘《こ》は目が見えないのだ。


紀乃と一緒に表彰式の会場に入ると、スタッフがやってきて紀乃をパソコン操作の選手の席へ誘導した。

「お互い、いい結果になるといいですね」

紀乃はそう言い残してスタッフの後をついていった。僕は笑顔で頷いたが、紀乃にそれがみえていないことに気づき不安と後悔が押し寄せてきた。しっかり声に出さなければいけなかったのだ。

しょんぼりして自分の席につくと、向かい側のスペースに来賓の人たちが並んで座っているのを確認した。みんな障害者の仕事に関わる人たちなのだろうか。

いくらか時間が経つと、表彰式が始まった。

まず来賓の紹介があり、障害者福祉協会の理事長が席を立つと、胸ポケットからカンペを取り出して祝辞を述べていた。

理事長の話が終わると、他の来賓も一人一人紹介をされていく。紹介された人の中にはしっかりホームページ職種の競技委員の女性も入っていた。

「それでは、表彰状と盾の授与を行います。名前が呼ばれた選手は返事をしてお待ちください」

障害の関係上、起立のできない人もいる。言葉の一つ一つも考慮されているようだった。

最初に優秀賞が発表されるようだった。優秀賞というのがこの山梨県のアビリンピックにおける優勝にあたる。まずワードプロセッサの優秀賞が発表され、帽子を被った茶髪《ちゃぱつ》の車いすの女性が賞状と盾を授与されていた。どうやら競技ごとに優秀賞は与えられるらしい。

次の競技の優秀賞も発表されるようだった。

「ホームページ職種。優秀賞。高井伊知郎」

えっ。

僕が優勝？

そんな馬鹿な。

僕はなにかに操られるように立ち上がると、体を硬くしながら「気を付け」をして、目の前の偉い人を眺めていた。

「表彰。ホームページ職種、優秀賞。高井伊知郎殿。以下同文です」

賞状が、僕の両手に手渡された。

「おめでとうございます」

盾も一緒に渡された。

僕はそれから信じられない思いで、机の上に置かれた賞状と盾を眺めていた。人生でこんな大仰なものをもらったことなど一度もない。

それにしても、他の選手の出来はどうだったのだ？

自分の作品のどこが彼らより優れていたのだ。

そもそもなにを採点基準にしたのか。

わからない。全くわからない。

「表彰。パソコン操作職種、優良賞。村中紀乃殿。以下同文です」

紀乃が賞状を受け取っていた。優良賞、ということは二位を受賞したのだ。それだって凄いことである。

ホームページ職種の優良賞は横に座っていた緑色のパーカーを着た男だった。彼が頭を抱えて悔しがっているのをみるとなんだか申し訳ない気分になった。

自分の努力に自信が足りないということでもある。

表彰式が終わると、競技委員が帰ろうとしているのがわかったので慌てて声をかけにいった。

「すみません。どうして僕が優秀賞なんですか？」

競技委員は「そうですね」、とノートを出すと「まず一番規格に沿って作られていたのが高井さんの作品でした。他の方はalt《オルト》文が抜けていたり、ところどころミスがみられたりしたのですが、高井さんの作品には目立ったミスが見あたりませんでした。タグも整然としていて綺麗だし、非常に丁寧に作られていたと思います」

驚いた。ミスチェックもできなかったのにミスがなかったというのだ。

「ただ、デザインの方では洗練されていない面が多く、他の方に一歩及ばない感がありました。本当に僅差の勝負でした」

そうだ。自分が全てにおいて勝っているはずがない。だけどそれを聞いて妙に納得してしまった。中河に協力してもらい、それで頑張ったことでギリギリ届いた受賞だったのだ。

僕はハッと思いだし、紀乃の姿を捜した。まだ会場内でスタッフに賞状を丸めてもらっている。

「村中さん、おめでとうございます」

「高井さんこそ……よかったですね」

紀乃は微笑んでくれたが、少し元気がなさそうで、顔が下に向きがちだった。

「私、やっぱり優秀賞がほしかったです」

「いやあ、優良賞だって立派なものです」

「ええ。ありがとうございます。高井さん」

それでもやはり紀乃は元気がなさそうだった。

会場内に痩せた中年の女性が入ってきて、紀乃の名前を呼んでいた。よくみると紀乃に顔が似ている。

「お母さんが来たから、私行きますね」

「あ、はい……」

どうやら迎えが来てしまったらしい。まだいろいろ話をしたかったが、引き留める権利など、なにもなかった。

「高井さん」

紀乃は小さくガッツポーズを僕にみせる。

「全国大会、頑張ってくださいね」

「ええ？」

僕は紀乃が言い残した言葉の意味がわからなかった。

そのまま紀乃はオーディンに先導され、紀乃の母と一緒に帰っていった。僕はただそれを見送るしかなかった。

「あ、いたいた、伊知郎君。なにそれ、優勝してんじゃん！」

入れ替わりに三津子が顔を出してきた。今までこの会場のどこにいたのだろう。

「なに、伊知郎君、なんか死にそうな顔してるけど……どうしたの？」

大金星をあげた直後だというのに、僕は地獄にでも堕《お》ちた気分になっていた。

一度別れてしまえば、僕と紀乃はなんの縁もない。これからずっと、会う機会などないのではないか。

第二章　何も生産しない人生なんて生きてる意味なんかない

アビリンピック優勝後、僕は中河に頼み込み、ハローワークに連れていってもらった。そこで求人検索のパソコンを使っていろいろな仕事を探してみたところ、新しく登録されたばかりの障害者求人を発見した。勤務時間は七時間といささか長かったが、とにかく内容がよかった。事務作業。時給七百五十円。各種保険付き。バイクで片道三十分の位置。

「伊知郎さん、少し気が早いように思うのですが……」

中河は口元を歪めた険しい笑顔で難色を示している。しかしこんな条件の良い求人はこの五年間で一度もなかった。僕は強硬に主張して求人に応募すると、面接までこぎ着けてしまったのだ。

「御社のために精一杯働きたいと思います！」

「今まで沢山お世話になった社会に貢献していきたいです！」

僕は面接で必死にアピールした。このチャンスをなんとしてでも掴みたかった。幸い面接官の反応はよく、いろいろと興味深そうに僕の経歴や趣味を聞いてくれた。アビリンピックで優勝した話をすると、それはどういう大会なのかと突っ込んで聞いてくれた。

三十分の面接が終わると僕はすっかり疲れはててしまった。家までバイクで帰る際も、スピードを落として事故を起こさないように気をつけた。

「駄目かな」

家に戻って布団の上で天井を見上げていると、そんな言葉が自然に口に出た。

「現実は……厳しくて、不公平だ……」

僕は視界を遮断するために目をつむる。早く結果が出れば良いと思った。

それは数日後にやってきた。

もう半分諦めかけていた志望先の企業が、採用の電話をかけてきたのだ。

来週から来てほしい、とのことだった。僕はあまりの興奮に近くのスーパーまで行って発泡酒を三缶とビーフジャーキーを買ってきた。薬を飲んでいる関係で普段アルコールを飲まない僕だが、この日は特別だった。

「伊知郎君、就職決まったんだって……？　うわっ、酒くさっ！」

三津子が顔をしかめて鼻を手で押さえている。

「そうさ、僕は就職するんだよ。お前らもこれで文句ないだろう」

「そうだけど、なんか急すぎない？　逆に上手くいきすぎて不安っていうか」

「お前がそんな心配をしてくれるなんて思わなかったよ」

二缶目の発泡酒に口をつけると空になっていた。

「だけど、お前のいうとおりにしたんだぜ？」

僕は三缶目の発泡酒を開けた。

「伊知郎君……ちょっと薬飲んでるのにそんなもの飲んでいいの？」

「いいんだ。こういうときは飲むんだ。普通の大人はそうするものだ。祝えるときに思いきり祝う、同い年のみんながやっているような、普通の生き方を僕はしたいんだ」

「伊知郎君、体震えてるよ、やばいよ、やばいって！」

「大丈夫、大丈夫だよ……」

それっきり意識が朦朧《もうろう》として、僕は机の上に突っ伏してしまった。

――なんだこいつ酔っぱらいかよ、うぜー。

弐郎の声が聞こえる。アビリンピックに優勝してから、こいつは話しかけてもこない。あの賭けに僕は勝った。就職も決まった。もうあいつに偉そうなことをいわせない。これからは堂々と胸を張って生きていくのだ……。

夜中に目を覚ましたとき、僕の背中には毛布がかかっていた。母がかけてくれたのだろう。


週はじめ。僕は目を輝かせながら時間通りに初出社を果たすと、早速先輩の指示に従って僕が担当する仕事の説明を受けていた。

この会社はデパートに送る季節のギフトを扱っていて、事務作業といっても在庫の商品を運ぶなど、結構な肉体労働も任されるらしい。事務がただ事務だけやっていれば良い、という意識はなかったが、予想外に負担がかかりそうだと思った。

しかし僕が衝撃を受けたのは事務作業の方だった。先輩が書類のまとめ方を覚えるように見本をみせてくれたが、その手際が速すぎて一体なにをやっているのかわからなかった。メモをとっても理解できなかったし、ゆっくりやって欲しいといっても聞いてくれなかった。

初日から僕はあちこちを動き回ったが、事務の方はまともにできないし、肉体労働の方はひたすらきつかった。

だけど、僕はアビリンピックの勉強を毎日こなしてきた。仕事だって頑張って覚えようとすれば、徐々に要領を得てもっとできるようになるはずだ。僕は自分に言い聞かせて、ひたすら業務に食いついていった。

七時間の勤務が終わると、僕は暗澹《あんたん》たる気分で帰宅する羽目になった。仕事とは基本的に負担がかかるものだ。しかし異様に疲れていた。

次の日も同じような感じだった。書類整理のやり方は未だにわからないし、肉体労働はひたすらきつかった。しかし先輩は「今日は随分量が少ないな」といっていた。これで量が多かったらどうなってしまうのかと思った。

三日目になると「あんなに見本をみせたのにまだできないの？　覚え悪いね」といわれた。ひたすらメモをとってもどの書類がどういう物なのかわからないし、説明してもらっても基礎となる知識がないからよくわからなかった。マニュアルはありますかと聞いてみたが「この書類に関するマニュアルはないね。てゆうかあれで覚えられないの？」といわれた。

僕はそんなに無能なのだろうか。やはり障害者の大会で賞をとってもダメなのだろうか。

四日目には窓口の魚のような顔をしたおじさんに酷く怒鳴られた。

「馬鹿野郎が！　この商品俺がいったのと違うだろ？　なに考えて仕事してるの？　いっとくけど俺は障害者だからって容赦しないよ？　しっかりしなさいよ君」

そうだ。僕がいけないんだ。しっかり確認しなかった僕が百パーセント悪い……。

「君わかってないような顔してるけど、この会社に君が入れたのは幸運なんだよ？　君の仕事みてるけどあんな手際じゃどこでも雇ってもらえないよ」

　僕だって雇ってもらえて嬉しかった。だからなんとかこの仕事を続けられるように、仕事を覚えなければ。

　実をいうとこの時点で既に神経に限界がきていた。心も折れそうだったがそれ以上に頭を鷲摑みされているような圧迫感に苦しみ続けていたのだ。しかし彼らにそんなことをいおうものなら甘えだの、さぼりだのいわれてさらに立場が悪くなるに違いなかった。僕はひたすら我慢をして、仕事に向かっていた。

　事務の若い女性たちが笑っているのをみると不安になった。もしかして笑われているのではないかと怖かったのだ。実際僕は常に疲れはてていたし、挙動不審だったから向こうにも不審な目でみられていた。

「高井君、顔真っ青だよ？」

　そういわれても体調が悪いなどと答えるわけにはいかなかった。僕はここにリハビリに来ているわけではない、仕事に来ているのだ。

「ちょっと高井君遅いよ！　ここにある商品一緒に運んで！」

　結構な量に思えるがこれくらい一般の人がみたら普通だ。実際先輩は難なくやっている。僕がこれをできないわけがない、できないわけがない……。

　僕はひたすら荷物を運んで、さらに必要な伝票を書いて貼り付けていった。遅い、とまた怒られる。

体が震えていた。ゴオオオォと殺人的な音波が僕の耳にこだまする。しかし作業をやめるわけにはいかない。僕はせっかく摑んだチャンスを捨てるわけにはいかないのだ。だってここをやめたら、またあそこに、デイケアに戻らなければならない。

周りの社員たちが僕をみて笑っていた。大した負担でもない仕事についていけない僕を笑っている。先輩が僕になにかを怒っていた。僕は脳が強く押さえつけられて、きつすぎて視界が定まらない。ウアアアァァアアと僕はうなり声をあげ、その場に倒れ込んだ。

大丈夫か。やばいぞこれ。困るんだよなあ。すぐ治るだろ。いや、やばいって。救急車呼べ救急車！　様々な雑音が聞こえてくる。

僕はまたいつか病棟でなったように、体がガタガタ震えて全身が固まっていた。救急車のサイレンが耳に入る。駆けつけた救急隊員に担架で運ばれると、僕は自分がまた精神科に入院させられることを理解した。

もうどうにでもなってしまえと思った。

僕の入院期間は一ヶ月と決まった。思ったよりも短かったのは幸いだったが、仕事は自主退職という形で辞めなければならなかった。職場にも迷惑をかけてしまったし、自分の能力の低さも痛感させられた。

閉鎖病棟への入院当初、僕は部屋から出られなかった。人と関わる気力がなかったのだ。同じ部屋の患者とも話さず、ひたすらベッドで眠り続けた。目が覚めると変な格好で眠っていて、圧迫された箇所の感覚がなくなっていた。こういうときは体勢を変えて一分くらい待つと、ようやく血が通ってきて動くようになる。

三日も経つと、徐々に病棟のホールに顔を出すようになった。前にデイケアに通っていた人が入院していたが、症状が相当重くなっていたようなので声はかけなかった。テレビの前では車いすの老人が三人並んでいて、介護なしには食事もできないようだった。

生きている。生かされているといった方がいいかもしれない。この限られたなんの楽しみもないリハビリの空間で、僕はただただ人のあり方について考えさせられる。

さしあたって日記を再開した。自分の思ったことを残り三週間弱、なるべく残しておくことにした。

十月二十一日

病棟の端から端までひたすら歩く、一周するごとに十分くらいの時間は稼げるのだ。いつも決まった時間に中年男性がモップで病棟の掃除をする。これをやると退院が早くなる、本当だぞ、といっている。本当かもしれない、と思った。看護師は病棟の患者の情報をまとめて提出しているわけで、医師の判断材料にはなるのではないか。僕も掃除に参加して廊下をきれいにした。部屋に戻るとベッドの横の床がひどく汚れていた。病棟の患者がその場に倒れて失禁していたのだ。さすがに僕もぶったまげたが、すぐに看護師に対応してもらい、一緒に床の掃除をした。

十月二十四日

新しい患者が入ってきた。彼はマッサージができるというので、皆が順番に畳部屋でマッサージを受けていた。僕もやってもらったが、かなり本格的で体が軽くなった気がする。プロの仕事とはこういうものかと感じた。今、具合悪そうにしている患者だって社会に出ていたわけで、寿司を握れる人もいれば自動車教習所のインストラクターをやっていた人もいる。そういう個性を持った人たちがここで一つにまとまって、ひたすらなにもしないでいるというのは苦行だ。それが必要だとしても。

十月二十六日

将棋をやりたいといって声をかけてくるおじさんがいる。僕は毎度つきあうが、負けたことはない。悔しいよぉと顔をくしゃくしゃにしておじさんが笑う。将棋なんて物は研究すればするほど強くなるのだろうが、そこまでの集中力があったらとっくに退院しているだろう。たまに看護師も交ざって一局打つことがあり、特に年輩の看護師には勝てやしない。将棋は結構な人だかりになっていたが、本音をいうと、こうして盛り上がっているときも、僕は苦しいのだ。

十月三十日

消灯後にトイレに行くと、ひんやりした空気が妙に心地いい。微かな光に照らされていると、なんだか別世界にいるようで、ずっとこんな気分でいられたらどんなに良いだろうかと思う。入院なんて嫌で仕方ないのに、このときだけはそう思える。

十一月三日

寝たきりだった背の小さい禿げたおじいさんがとぼとぼ歩いていたのでびっくりした。苦しくてたまらない、このままでは死んでしまう、と訴えていた。僕と、数人の患者でおじいさんを慰めると、看護師が大丈夫だよーといってベッドに戻してあげていた。多分、もう長くはない。人の晩年というものはこういうものなのだろうか。いつか死んでしまうとき、あんなにも不安で、心細く、苦しい物なのだろうか。ホールに戻るとおじさん二人がテレビの取り合いをしていた。片方のおじさんがチャンネル権を勝ち取ったが、大して面白がっているようにもみえなかった、しばらくして他のおばさんが別のチャンネルに回したいというと、あっさり譲って部屋に戻っていってしまった。

十一月九日

開放病棟に移らないかと医師に提案された。開放病棟は閉鎖病棟と違って、決められた時間内であれば、病院の敷地を自由に歩くことができる。ここまでくれば退院までもう少しである。デイケアに顔を出すことだってできるだろう。僕は承諾すると、次の日に開放病棟に移った。将棋好きのおじさんが「寂しくなるよぉ」とこぼしていたが、この病院にいる以上会う機会は必ずあるといっておいた。実際、どこかしらの病院とは関わり続けなければならないのだ。

開放病棟に移った翌日。母が三津子を連れて面会に来た。三津子が随分しょぼんとしていたのがどうも気になっていたが、三津子は突然僕に頭を下げた。

「ごめん、伊知郎君。私なんにもわかってなかった」

三津子が謝るようなことでもない、と思った。確かに馬鹿にされて悔しかったが、自分は自分でふがいなかったこともわかっている。

「私、あれから伊知郎君の病気のこと調べたんだ」

三津子がノートを取りだして開くと、癖のある字で僕の薬について緻密なデータが記されていた。

「伊知郎君が無気力だったのって、薬の副作用のせいだったんだね。私、全然知らなかったし、伊知郎君もそんなこといわないから」

そのあたりは僕にも考えがあった。薬の副作用を理由にしても「言い訳だ」といわれることは多々あるのだ。

「いいんだよ。三津子にそれだけ調べてもらっただけでもうれしいんだ」

僕はそういって無理に笑顔を作った。

「結局いろいろなものに縛られて、身動きのきかない人生だってことがわかったよ。これからは分相応に生きていこうと思う」

三津子がなにか言いたげだったが、口をつぐんでしまった。僕はそれ以上なにもいわなかった。

一週間後、僕は開放病棟を退院すると、再びデイケアに通うようになっていた。

出戻りになった僕は最初入る勇気がなかなか出なかったが、中河に施設内へ引っ張り込まれると、みんな笑顔で迎えてくれた。戻ってきたのだ。

その日の午前中は数ヶ月前に作りかけにしていたビーズアートに取り組んだ。糸に一つ一つビーズを差し込んでいく。こういう物は飽きるほど作ったが、久しぶりなので少しやり方を忘れていた。

午後はみんなで映画を観た。詐欺師が民衆のため国から武器を騙し取ろうとする話だったが、少し内容が難しかったせいか利用者には不評だった。

病棟ほどではないが、やはりここはゆっくりと、同じ時間が流れている気がした。

「中河さん、僕はもう生きるのが嫌になりましたよ」

中河はなにもいわずに笑顔を僕に向ける。その細い目の奥に強い光が感じられた。

「伊知郎さん、今の気持ちをなんでも話してみてくれませんか。なにか力になれるかもしれません」

こういうとき中河は、まず僕の気持ちを否定しないで話を聞いてくれる。

「僕は、これでも希望を持って人生を過ごしてきました。いつか僕は仕事ができるようになる。

みんなと同じような生活がおくれるようになるって、ずっと信じてきました」

だがその希望は断たれた。前向きにやろうとしたことは全て裏目に出た。全力で仕事をしても障害者雇用ですら僕は物にならなかった。

「僕は、悔しいです。何も生産しない人生なんて、生きてる意味なんかないじゃないですか……」

今までの五年間と希望のない未来を思うと涙が出てきた。女性の前で泣くなんて恥ずかしいことだが、もう限界だった。

「伊知郎さん、良い物をお見せします」

中河の言葉に少し顔をあげてみると、中河は引き出しから新聞を一部取り出して、僕の前に開いた。

「ここです、ここをみてください」

中河が指を差した先の記事には、アビリンピックの結果が書かれていた。

ホームページ職種　優秀賞　高井伊知郎。

「僕の、名前……」

「なにも生産してないなんていわないでください。伊知郎さんはあのとき、ちゃんと結果を残したじゃないですか」

「だけど、たかが数ヶ月の話です。しかも仕事ではなんの役にもたたなかった……」

「そんなこと問題じゃないんです。なにかを目標にして一生懸命頑張れたことが大事なんです。それは本当にすごいことなんですよ。自信を持ってください」

自分ではそんな風に思えない。きっと他の人だって否定してくると思う。だけど、目の前のこの人は僕を認めてくれている。

僕は手のひらで涙を拭い、もう片方の手で顔を隠した。声を上げて泣きそうだった。

「それに、伊知郎さんには、全国大会への出場権があるんです」

「全国大会……？」

最初なんのことだかわからなかったが、アビリンピックの全国大会の話だった。

そういえば、紀乃も全国大会を頑張ってと僕にいっていた。

「僕に、そんな権利、あるんですか」

「そうですよ。今年優秀賞をとったのだから、来年応募すれば行くことができます。全国大会で優勝すれば、その先の国際大会への道も開かれるそうですよ」

「国際大会？　そんなの本当にあるんですか？」

「あります。フランスのボルドーで」

来年の全国大会は愛知で開かれる。その先には、さらに世界に開かれた大会があるというのだろうか。

全国大会までにはまだ一年近くある。一体どんな大会なのかはわからない。アビリンピックで上を目指すことにどんな意味があるのかだって不明瞭だ。

ただ、僕には大会に出る可能性が与えられていた。

「根性のない奴だ。せっかく仕事に就いたのに、一週間もしないで辞めてしまうんだから」

デイケアから帰ってきて、部屋でパソコンに向かっていると、親父がまた僕に憎まれ口を叩きにきた。僕は努めて無視する。

「病気だかなんだか知らないが、そんなものは気合で治せばいい。治そうという気力が大事なんだよ。それが東洋医学の基本なんだ」

気合、だの、根性、だの。僕を毎日みていてよくそんなことがいえると思う。結局この人は他人よりも、自分の考えるあるべき姿以外みえていないのだろう。この見識の狭さにはうんざりさせられる。

気づけばもう親父はいなくなっていた。親父はいうだけいうと僕の部屋から去っていく。僕が自分に不満があるように、親父もまた息子の出来に不満があるに違いない。だけど今の僕には親父を満足させる力がなかった。

今なにをやっているかといえば、ネット上で全国アビリンピックの情報を調べていた。来年行われる愛知大会の公式ページはもう公開されていた。内容を調べてみると、ホームページ職種もちゃんと用意されている。逆に山梨大会であった凧制作競技などは採用されていないらしい。その代わり山梨大会にない競技がいくつもあって、ＤＴＰやコンピュータプログラミング、義肢など、難しそうな特殊技能の競技も沢山用意されていた。

あれからいろいろ考えたが、僕は全国大会に行きたいと思う。仕事がまともにできない今、これしかやることがない、という事情もある。でも、できれば優勝したいし、世界に行けるものならば行ってみたい。

だけどネット上でいくら調べても、国際大会に行くための厳密な資格がよくわからなかった。なにしろ毎年全国大会優勝者が出るのに、国際大会に行けるのはその中からの選抜なのである。とにかく明日、中河にいろいろと話してみることにした。できれば今後もコーチを引き受けて欲しい気持ちがあった。

日が変わると、僕は朝の支度をしてバイクに乗り、デイケアセンターに向けて走り出した。入院しているうちに厚いコートが必要な季節になってしまった。隙間風がいくらか肌寒い。これからもっと寒くなるし、路面が凍結すればバイクでの走行もきつくなってくる。

大通りを抜け、駅を越え、病院にたどり着くと屋根のある駐輪場にバイクを停めた。

この病院は敷地内禁煙になっているが、以前はこのあたりに、古ぼけたパジャマを着た患者たちが、力ない顔でたむろして煙草を吸っていたものだった。それをみていると、ひたすらどうしようもない気分になった。もっといえばこの世のなにもかもをぶち壊してやりたくなった。

デイケアに入るといつものように通所カードを出して、中に入った。中河は忙しそうにしていたので話はまた後にすることにした。

「伊知郎君、この新聞みてみ」

茶色いジャケットを着たボサボサ頭のおじさんが新聞を開いている。彼はこの前まで入院していた病棟で一緒だった人で、同時期にデイケアに復帰していた。

あっ……と僕は目を見開いた。この前、病棟で「このままでは死んでしまう」と嘆いていた寝たきりのお爺さんの訃報が書かれていた。

「亡くなったんですね」

「自宅で亡くなったって書いてあるから退院はできたんだろうなあ」

人生がいつか終わってしまう。近い人の死を知ると、なおさらそれを考えさせられる。

それから朝礼が始まり、午前中のプログラムを済ませて休み時間になると、ようやく中河と話す時間ができた。

「コーチですか？　残念ながらそれはできません」

「えっ、駄目ですか？」

中河にコーチを続けてもらうよう頼んでみたが、予想外の返事がかえってきた。

「というのも、私にはもう伊知郎さんに教えることがなにもないのです」

「いや、だって。全国大会は山梨大会よりずっとレベルが高いんですよ」

中河は少し困ったように頬を寄せて笑っている。

「違います。私の知識がもう伊知郎さんに追いつかないんですよ。だからこれからの伊知郎さんには自分で勉強して欲しいんです」

「そ、そうなんですか？」

驚いた。そして困ってしまった。中河の作るメニューはどれも実践的なもので、それに沿っていくだけでどんどん実力が上がっていったのだ。

「まず全国大会の出題範囲ですが、ＰＨＰやＭｙＳＱＬ《マイエスキューエル》の知識が必要になってきます」

「ＰＨＰ？　ＭｙＳＱＬ？　ああ、なんとなく聞いたことが……」

ＰＨＰはホームページに関わるプログラミング言語。ＭｙＳＱＬはデータベースを管理するためのオープンソースだ。それぞれ知識は全く持ち合わせていない。

「それを、勉強しなきゃいけないんですか」

「作品の完成度も重要だし、アレンジのセンスや技術。地方大会よりも多くのことを学ばなければなりません」

中河はそういうと、ＰＨＰの例文をみせてくれた。一体何が書いてあるのかさっぱりわからなかった。

「こんなに難しいんですか」

みたことのない単語ばかりで目が回りそうだった。一体これはなんのためのプログラムなのだろう。

「ですが伊知郎さん。まだ大会まで一年以上日があります」

「もちろん、やりますよ。やってみせます。一年間まるまる掛けてみたいんです」

中河は目を閉じて頷いている。如来《にょらい》のような穏やかな笑みだった。

「でしたら、伊知郎さんにもってこいの施設があるんです」

中河は机の上に置いてあるパンフレットを僕に差し出した。就労継続支援Ｂ型施設スタンドアップと書かれていた。

中を読んでみると、パソコンで仕事をする施設だった。就労継続支援Ｂ型施設というのは過去に授産施設と呼ばれていたもので、障害者が仕事の訓練をしながら働きに応じて工賃をもらう施設だ。工賃は一般就労でもらえる給料とは全く別のもので、基本的に雀の涙である。

それでもこれは僕にとって衝撃的だった。今までできないと思っていたパソコンの仕事が、たとえB型施設とはいえやらせてもらえる可能性があるということだ。

「中河さん！　これ、すごく行ってみたいです！」

僕は中河に、この施設に行きたい意志を伝えた。僕は期待していた。なぜなら間違いなくその施設は、デイケアよりも社会に開かれているのだ。


僕は就労継続支援B型施設スタンドアップに入所するための準備を進めていた。ああいう施設に入るためには受給者証というものが必要になり、それがあると国から補助金が出て施設を無料で、もしくは利用料金を緩和して使うことができる。

市役所の方で障害福祉サービス受給者証の申請をして一週間。市の職員が僕の調査にやってきた。病気の様子や日々の暮らしなど、本当に大したことを聞かれなかったが、向こうにとっては重要なデータなのだろう。

僕は十二月二日からスタンドアップに体験入所することになっている。そのまま調子がよければ受給者証が発行され、正式に利用が開始される予定だ。

そんな中、僕は病院へスタンドアップに通う際の相談も兼ねて、診察を受けにいっていた。

待合室の天井には今日も薬色の空が広がっている。睡眠薬の青に、白い向精神薬や副作用止めがプカプカと浮かんでいるようにみえた。滑稽な眺めだった。

もっとも、そんなことを主治医にいえば、症状が悪化しているとみなされ余計な薬を増やされる可能性がある。実際、僕は疲れているのかもしれない。

その日は待合室に大して患者もおらず、すぐに名前を呼ばれて診察室に入った。

「高井さん、体調はどうですか」

白髪に白い髭の主治医が穏やかに声をかけてくる。メガネの奥にある二重の目も優しげだ。

「体調は……いつも悪いです。悪いなりにいろいろ頑張ってるけど、やる気に体がついていきません」

「あまり頑張らないようにしてくださいね」

主治医がカルテになにかをメモしている。カルテに書かれた字はなにか特殊記号の集まりにしかみえず、僕には何語で書かれているのかわからない。

「ご家族との関係はどうですか」

家族のことを聞かれて僕はかなり嫌な気分になった。ここのところ親父の振るまいが我慢ならないほどにむかついているのだ。

スタンドアップ通所日までいくらか日があったが、ゆっくり休むというわけにはいかなかった。なにもしないでいれば、親父から蔑むような目で罵倒されるからだ。

「お前はいつまで回り道をする気だ」

「本当に将来のことを考えているのか」

「もう若くはないんだぞ、お前以外はみんな就職してるんだ」

いつ思い出しても腹立たしい言動の数々である。家で勉強をするようになってから尚更酷くなったようだ。それだけできるのならとっとと仕事をしろといわれているようだった。

「父とは話してません。最近ちっとも部屋に来なくなったんで顔も合わせてないんですよ」

あまりこの辺りの事情を説明したくないので少し嘘をついた。

「不愉快なやりとりになってしまうのであれば今は距離をとっても良いと思います。今は焦らないで治療を続けることが大事です」

「それでなんですが」

僕はスタンドアップからもらったパンフレットを主治医に差し出した。

「来月から僕はここの就労継続支援B型施設に通所するんです。今みたいに副作用で体調を崩すと困るんですが」

主治医は少し目元に皺を寄せて考えると「高井さんの薬は入院中にいろいろと組み替えて調整してきました。あまり焦らない方が良いのですが、今後の経過が良好であれば徐々に減らしていくということは可能だと思います」と確かにいった。重要な言葉だった。

「本当ですか？　減らしていけるんですか？」

確かに薬を組み替えてから、体調の変化は感じていた。良くなっているかまでは判断がつかない。上手く薬がはまっていくとすれば、入院したこともマイナスばかりではないことになる。

「おそらく。ただ調子を崩したらすぐに病院に来てくださいね」

それで診察は終わった。薬局に行って薬をもらうと、入院中に組み替えた薬が入っていた。前に飲んでいた橙色の薬はなくなっている。

もし今後、薬を減らしたからといって、すぐに劇的な体調の好転はないかもしれない。しかし徐々に薬が体から抜けていき、確実に押さえつけられていたものはなくなっていくはずだ。気をつけなければいけないのは薬が抜けた反動で体調を崩すことだった。勝手に薬をやめたせいで再入院に追い込まれた人を何人も知っている。薬を替えるということは常にリスクと隣り合わせなのだ。

これからは慎重に体調をみていかなければならない。バイクでの帰路、ずっとそのことを考えていた。

家に帰ると、廊下で親父と鉢合わせした。

相変わらず不機嫌そうに、僕をどうしようもない奴だといいたげに睨んでいた。僕は親父を無視し、自分の部屋に戻ってパソコンを起動した。

僕は一般就労に体がついていかない。だから親父の望むように働くことができない。今、僕にできるのは、自分の生き方を示していくことしかなかった。ひたすら自分のできる勉強を続けることだった。

アビリンピックにはＰＨＰというプログラミング言語が必要だということを中河から聞いていた。それで僕は母から小遣いをもらって何冊か教本を購入して、勉強してみたのだ。

正直本に書いてあることは難しく、理解があやふやなまま進んでしまった箇所がいくつもある。それでも簡単な掲示板を作ったり、スケジュール表を作ったりすることに成功した。

一つわかったことは、本当に作りたいものを作るには本に書いてある内容だけでは足りないということである。

掲示板にしろ、チャットにしろ、検索システムにしろ、単純な機能をつけるだけなら簡単だ。しかしたとえば検索システムでいえば、ただ一つのキーワードで内容を検索する物は作れても、スペースで区切られた複数キーワードを認識させる機能については本のどこにも書いていなかった。

ネット上には有力な情報がいくつも転がっている。しかしそれだってズバリ必要な情報が、理解できるように書いているとは限らない。少なくとも今の僕には難しい。

ただネット上を調べて外堀を埋めていけば、いずれは望みの作品を作ることができるかもしれない。これから僕がやっていく勉強というのはこういうことではないか。

ＰＨＰの内容を検索し続けるのは結構精神に負担がかかる。今日も急にだるくなってきたので、やばいと思い布団に突っ伏した。ここのところ調子を崩すことは当たり前になっていて、それを前提に自分をコントロールしている。している、つもりだ。

先へ進みたい。胸を張って生きていけるように。

第三章　あなた、いつも僕たちのこと馬鹿にしてるでしょ？

スタンドアップ初通所日。

十二月の朝は寒い。デイケアに通所していたので早起きには慣れているが、それでもバイクで外を走るのはかなりきつい。

ダウンジャケットを着ても刺すようなすき間風が僕の体を震わせる。これからますます寒くなるのだからうんざりしてしまう。

スタンドアップは僕の病院とは反対の方向にある。少し小ぎれいな服装を選んだ僕は、バイクを二十分程走らせ、地図で確認した場所にたどり着いた。看板にはしっかり障害者通所施設スタンドアップと書かれている。

思っていたよりもずっと大きな施設だった。窓からは二十人程の利用者が長い机に並んだパソコンを使って作業をしているのがみえる。こんなに大勢の人が仕事をする場所とは予想外だった。駐車場も二十台くらいは停められそうなスペースが用意されている。

僕は自動ドアの前で少し躊躇《ためら》いつつも、勇気を出して一歩踏みだし、少し裏返った声で挨拶をした。

「高井さんですか！　どうもこんにちは」

眉毛の太いスキンヘッドの男性が大柄な体を揺らして僕に会釈してきた。以前この施設に電話で問い合わせた時に野太い声の男性が出た覚えがあるが、彼だとすぐにわかった。

「とりあえず相談室でお話ししましょうか」

何人かの利用者が僕の方をみていたが、大して興味がある風もなくすぐ作業に戻っていた。

新規利用者はそう珍しくもないのだろうか。何人か身体に障害を持っている人がいた。

相談室に入ると、僕は木の椅子に座って、テーブルを前にスキンヘッドの男性と向き合った。

「はじめまして。私ここの所長をやっております。小森直志《こもりなおし》と申します」

小森がスタンドアップの名刺を差し出してきた。僕は渡す名刺もないので受け取るだけである。

「こんなに沢山の方が仕事をしているとは思いませんでした」

小森は豆のように小さな目の周りに皺を寄せて笑った。

「ここは仕事をする人だけの施設ではないんです。就労継続B型施設はあくまでこの施設の一部で、就労移行コースという就職を目指して勉強している人たちのためのサービスもあります」

そういえば、窓からみた長い机に並んでパソコンをやっている人たちの他に、奥の方に別のパソコン部屋が用意されているのがみえた。あちらがB型のエリアなのだろう。

「僕はパソコンで仕事をしたいと思っています。ただ、そんなにできるわけはなくて」

「いや、アビリンピックで優勝してしまう程の方だと中河さんから聞いております」

いくらか中河の方から話が通っているらしい。「できる人」と思われるのは困るのだが。

「とりあえずそこのタイムカードを押してくれませんか」

僕はまだ体験利用者ではあるが、今のうちに手順を覚えておいてほしいとのことだった。

就労移行の部屋では十数人の利用者がそれぞれパソコンに向かっている。

Ｂ型の方は小森のいうとおり、利用者が二人、支援員が二人しかいなかった。パソコンが八台程置いてあるが、持て余しているのかもしれない。

小森がまず支援員二人を紹介してくれた。パンダのように目の周りを黒く化粧した厚い唇の、おそらく三十代くらいの女性が三元《みもと》支援員。茶髪パーマのくぼんだ目をした若い男性が藤野《ふじの》文援員である。三元はいかにも明るい表情をしていて、声も大きいが、藤野の方はどこか自信なさげに視線が下を向いていた。

利用者二人はお互い会話することもなく、ひたすらパソコンに向かっていた。片方の池丸博之《いけまるひろゆき》という白髪のおじさんはエイベックスのホームページをみていて、もう片方の赤髪のガリガリに痩せた青年はパソコンで絵を描いていた。どんなものかと覗いてみたが、一目で上手いとは思わなかった。たくさんの線を使ってなんとなく女の子の形をみせているようだった。

「なんだよお前。勝手に人の絵を覗き見してんじゃねえ」

青年が椅子をくるりと回して僕を睨みつけてきた。どうも癪《しゃく》に障《さわ》ったらしい。

「別にみたっていいだろう」

「ふん、だったら感想はないのかよ」

突然感想を聞かれて戸惑った。なんだか変わった奴だと思った。

「僕は……絵のことはよくわからないけれど、線が沢山あると汚く見える気がする」

「そりゃあそういう描き方なんだよ。つまんねえこといいやがって」

「そ、そうなのか」

「きれいな絵がみたいならみせてやる。ほらこれだ」

彼は一方的にノートを突き出してきた。見ないわけにはいかないらしい。

ノートの中を読むと、確かに整った線でたくさんの絵が描かれていた。しかしどれも顔や体のバランスが雑にみえて、とても素直に上手いといえなかった。

しかしノートを読み進めていくにつれ、これだけの絵を描き続ける情熱に対し興味が沸いてきた。僕は絵を真面目に描こうと思ったことなどない。

「こんなに絵を描いて、画家でも目指しているのか」

「そう。俺はプロのイラストレーターになる。そんで世界中に川浪理吉《かわなみりきち》の名をしらしめてやるのさ」

「川浪理吉？　それは君のペンネームかなにか？」

「本名だよ。なんか文句あんのか」

理吉が不満げに顔をしかめている。

ふと、彼の赤髪の頭頂部が少し薄くなっているのに気づき、目をそらした。なにかのストレスで髪が減るということはありそうな話である。多分本人も気にしているのだろう。あまり意識すると不快に思われるかもしれない。

それから施設中の利用者が集まり朝礼を済ませ、それぞれ利用者たちはパソコンに向かって仕事や学習を開始した。

僕は初日なのでまずはオリエンテーションをすることになっていた。共同スペースの椅子に座ると、小森と藤野が僕の前に座った。

「ええと、高井さんはたとえばここで、どんな仕事がしたいですか」

藤野が少し言葉を選ぶようにゆっくりとした口調で聞いてきた。

「できればホームページ。ＰＨＰみたいなプログラミングを勉強しながらやりたいです。もちろん他の仕事もやってみたいんで、ワードとエクセルはちょっとだけ勉強してきました」

「おお、やる気だねえ高井さん」

小森が大豆のような小さい目を丸くしている。電灯がスキンヘッドをピカリと照らしていた。

「あ、あの。僕もプログラミングの仕事をしたことがあるんで、高井さんにアドバイスできることはあると思います！　ただ、ＰＨＰはさわったことがないんで。その物ずばりみたいな答えは出せないかもしれません」

藤野が目をぱちくりさせながら少し慌てるような口調でいう。どこか頼りない感じである。

それから僕は藤野に案内されるまま、白い色をした液晶一体型のパソコンの前に座った。

「これは、マックっていうパソコンです。正確にはマッキントッシュっていいますが、使ったことはありますか」

「ありません。いつも使っているウインドウズとは違うんですよね」

「スタンドアップでは画像処理はマックでやることになっています。パソコンが足りないときは別ですが……」

マックを起動すると、確かにデスクトップのみかけからしてウインドウズとは違うことがわかった。僕は藤野の指示を受け、イラストレーターを起動させる。

「こ、このプリントの通りに画像を作ってみてください。わからなかったら聞いても大丈夫なんで！」

どうも藤野は少し、口下手らしい。くぼんだ目をして、覇気のない表情をしているが、全体をみればなかなか良い顔である。性格で損をしているようにみえた。

イラストレーターという使ったことのないソフトで絵を描くのはなかなか大変だった。そもそも概念がパソコン付属のペイントソフトとは違うのだ。パスという点と点を繋ぎ合わせて絵を作っていく、なんとも不思議な描き方だった。

「高井さんはなかなか筋がいいです」

藤野が唇を結びながら笑っている。

フォトショップの方はどちらかというとペイントに近い印象を受けた。しかし性能が全く違う。画像の見栄えを調整したり、道路の写真のマンホールのある場所を丸々消してしまった後に、あるはずのない道路を上書きすることができたり、まるで魔法のようなソフトだった。

僕はこういうソフトを使っているうちにどんどん気持ちが大きくなっていった。こういう勉強を毎日したら、どれだけパソコンができるようになるだろうと思った。

スタンドアップに通所して数日が過ぎた。僕はパソコンで絵を描いたり、データの入力速度を計ったりしていたが、支援員の三元が「これなら十分就職できるよ！」と手を叩いていた。

スタンドアップでの作業は一般就労の負担とは比べ物にならないくらい楽である。それでもデイケア上がりの僕には大変な負担がかかった。家に帰ると疲れのあまり、なにもする気にならなかった。

薬を替えたことで体調の変化が著しいというのもある。やたら頭が働くようになってよかったかと思えば、寝付きが異常に悪くなった。上手く安定してくれないとまた薬を戻さなければならない。むしろ前よりも悪くなることが心配だ。

「伊知郎さん凄いね、ホームページも、エクセルもワードもなんでもできるんだ」

三元が僕をおおげさに褒める。今スタンドアップにはホームページ修正作業とデータ入力の案件が出ていて、そのうちのホームページの作業が僕に割り当てられたのだ。

「こんなのは初歩の初歩ですよ。元々あったものをちょっと書き換えるだけですから」

「凄いわあ。そう言い切っちゃうのが凄い。かっこいいよ」

どうも調子が狂う。今まで僕はお世辞にもパソコンができる人間ではなかった。偉そうなことをいってしまったかなと反省していると、横に座っている白髪の中年、池丸がちらりとこちらをみているのに気づいた。

僕が目を向けると、彼はすぐに目をそらしてしまった。

あの人は無口である。しかしいろいろな物に関心があるようで、よく目線を動かして周りを観察しているようだった。一度話したときには双極性障害を患っていると教えてくれた。

「ところで、三元さんのノートってアニメのキャラのシールが貼ってありますよね」

過去に放送されていたアニメの人気の男性キャラ、ミハイル。学校で流行《はや》っていて僕もちょくちょく観ていたので、三元のノートをみて気になっていたのだ。

「よく知ってるね！　そうそうミハイル！　私はミハイルと結ばれるのが夢だった！」

すぐにいったことを後悔した。三元はスイッチが入ったように、ミハイルと別の男性キャラを「カップリング」させた妄想を語りだしたのだ。俗にいうボーイズラブである。僕は圧倒されてただ相づちを打つことしかできなかった。

「でもまあ、私は別の人と結婚しちゃったけどね」

ようやく話が現実に戻った。少し寂しげな口調でいってはいるが、表情はむしろにこやかで楽しそうにみえた。

「結婚されてるんですか？」

「とび職の旦那とね、もう息子もいるよ」

結婚かあ、と情けない声を漏らしそうになった。

二十年以上生きてきたが、女の子とつきあったことなど一度もない。これからもそんな機会には恵まれないかもしれない。そもそも顔が悪い。目が細くて鼻が丸くて唇がいびつである。同じ血を分けた弐郎がなぜあんなに整った顔をしているのか不思議なくらいだった。

「これ理吉君と藤野さんに描いてもらったミハイルだよ」

三元のノートにはデッサンに強い癖のあるミハイルと、やや線が多いがきれいに整ったミハイルが描かれていた。理吉がどちらを描いたのかは一目でわかった。

「藤野さんは絵が上手いんですね」

「そうよ、彼は昔、漫画家目指してたから」

初耳だった。数日前に会ったばかりだが、彼はあまり自分のことを話さない印象がある。

「あいつは駄目だよ。根性ないし才能もセンスもないから」

理吉がヘラヘラ笑いながらいう。一瞬耳を疑った。

藤野を馬鹿にする要素などどこにもないように思えたし、理吉の方が余程絵が下手で才能がないようにみえるのに、どうしてこいつはこんなことをいうのだろうかと不思議だった。

「だってあいつヘボだもん、十年前だかに漫画一回持ち込みに行っただけで諦めてんだから元々情熱もなかったんだ。聞いてるだけで恥ずかしかったよ。俺はああはならないぜ」

それも初耳だった。僕にはよくわからないが、漫画を仕上げて持っていくというのはそれだけでも凄いことなのではないだろうか。完成した漫画が駄目といわれたら相当に落ち込むものではないのか。

向こうの席で藤野が暗い顔をしながら作業をしているのがみえた。理吉の声はでかいので間違いなく聞こえているだろう。三元に注意されると、理吉はわざとらしく舌を鳴らして作業に戻っていった。

こんなしょうもない理由で、相手を嫌いになるなんてことがあるのだろうか。

僕の理吉に対する印象が大分悪くなった。藤野は相手を信頼して失敗談を話しただろうに、それをネタに軽蔑するなんてひどい話だと思った。

十二月半ば、受給者証が発行されたことで僕はスタンドアップの正式利用が決まった。今後は仕事をすると僅かながら工賃が発生することになる。

理吉と池丸も合わせて、Ｂ型の利用者はまだ三人しかいない。というか事業自体が九月に始まったばかりだった。

「伊知郎さん、今日は新規利用者が来るから、仲良くしてあげてね」

パソコンで作業をしていると、小森がごつい大きな手を僕の肩にポンと乗せてきた。

「どんな人がくるんですか？」

「女の子だよ。紅一点になるのかなあ」

女の子、と聞いて少し身構えた。余計な気を使いながら仕事をすることを考えると怖かった。

昨日、ホームページの作業は一通り終わっていた。データが沢山あったので時間はかかったが、アビリンピックで勉強したことがしっかりと生きていた。

一方、理吉は相変わらずフォトショップで上手くない絵を描いているし、池丸はまだタイピング練習をしている段階だ。ここにきて驚かされたのは自分よりもパソコンができる利用者がいないということだった。当分はこんな状態が続くのだろうか。

そのとき自動ドアが開き、聞き覚えのある少女の挨拶が聞こえた。小森が少女の方へ出迎えにいって、大げさに歓迎していた。

僕は少女の姿に見覚えもあった。黒真珠の如き美麗な輝きを持った切れ長の目、やや地味な服装に白い帽子、連れているのは——オーディンじゃないか！

あの娘《こ》は、アビリンピックの交歓会で会った村中紀乃その人だった。

「わわわわっ！」

僕は思わず頭を伏せてしまった。急に恥ずかしい気持ちになったのだ。

「なにやってんだ伊知郎。脳の調子でも悪いのか」

理吉が訝しげな目で僕をみている。

「なんでもない……なんでもないよ！」

理吉は不審そうに額に皺を寄せていたが、すぐにまたデッサンの狂った絵を描くのに戻っていった。

紀乃はこちらに直接来るわけではなく、相談室の方で小森と話しているようだった。早く話をしたい、とも思うし、ちょっと待ってほしいとも感じていた。ただ機会が失われるのだけは絶対に嫌だった。

それから休み時間に入ると、紀乃が共有スペースで椅子に座っているのがみえた。白いコートが色白で秀麗な顔を、神秘的なまでに引き立てていた。紀乃は僕に気づいていない。僕が話しかけないと、存在すらわかってもらえない。

いくらか躊躇《ちゅうちょ》したが、勇気を持って話しかけてみることにした。恐怖よりも紀乃と話したい気持ちが勝っていた。

「村中さんですよね」

紀乃が顔を上げ、顔を左右に動かした。オーディンはおとなしく座っている。

「私のことを知っている方ですか？　すみません。名前を聞かせていただけないでしょうか？」

紀乃は僕の顔をみることができない。目が見えていたとしても、一度会っただけの相手ではピンとこないだろう。僕はひとまず名前を名乗ることにした。

「すみません。僕は高井伊知郎です」

「高井さん！　アビリンピックでお会いした方ですね！」

驚いた。僕のことをしっかり覚えてもらっていた。

「あのときは、親切にしていただいてありがとうございます。よく覚えていますよ」

今まで女の子に感謝されるような経験はあまりなかった気がする。胸になにか温かい、救われるような感情がこみ上げてきた。

「優秀賞本当におめでとうございます。新聞にも名前があったって聞きました」

紀乃の返事は飛び上がらんばかりに嬉しかった。しっかり記事もチェックしてくれていたのだ。

あのとき、アビリンピックで別れる時に紀乃は僕にガッツポーズをしてくれた。もう会えないと思っていたけれど、どこかで縁はつながっていたのかもしれない。

「ところで、村中さんはもしかして、ここを利用されるんですか？」

一番聞きたかったことだった。紀乃と一緒に仕事できるのならどれだけいいだろうか。

「はい。でもオーディンがいるから、利用者の皆さんに受け入れてもらえればなんですが」

犬が嫌い、もしくは犬アレルギーの人がいるかもしれない、ということだった。紀乃にとってオーディンがいるといないでは全く世界が違ってしまう。通所には壁があるということだった。

「多分大丈夫だと思います。小森さんが先月皆さんにアンケートしてくださったので」

そういって紀乃が頬を緩めて笑う。

「先月から話があったんですか？」

「ううん、もう九月の時点で申し込みはしてたんです。でも私、目がみえないから、ちょっと難しい話になってたんです」

オーディンのことも含めて、いろいろな問題をクリアしてきたということだった。僕は余程すんなり入ることができたのだ。

「私、パソコンの仕事をしたくてここに入ったんです。まだなにもできませんけど、いろいろ教えてくださいね」

「ぼ、僕も大したことないけど、村中さんに教えられることがあったらなんでも教えますよ」

紀乃は幼さの残った笑みを浮かべた。

「私、できれば名前で呼んでほしいです。高井さんは、伊知郎さんでしたっけ？」

「いいんですか？　紀乃さんって？」

「そっちの方が聞き慣れてて楽なんです」

なんだかいろいろな物が開けてきたような気がした。

世界に光が満ちていく。視界がレモン色に明るくなっていった。体中が救われる気持ちで満ちていった。

僕はただ、紀乃が無事ここに通えるようになってほしいと願うばかりだった。


冬の寒さがきつくなってきた。ダッフルコートに身を包み、マフラーを首に巻き、手袋を二重につける完全装備で通所しているが、バイクはとにかく風を切って走るので洒落にならないくらい寒い。僕の経験上、十二月の寒気は序の口で、一月、二月にピークを迎える。

しかしその寒さも今ある幸せを考えればなんということもなかった。紀乃の通所が決まり、彼女はオーディンと一緒に毎日歩いてB型に通っている。同じ部屋に紀乃がいるだけで僕はいつも幸せだった。話題のバラエティに乏しい僕も、紀乃に対してはパソコンの話ができた。彼女は興味深そうに僕の話を聞いてくれていた。会話が成り立つということがどれだけ幸せなことか。

スタンドアップに着くと、紀乃がノートパソコンで何か作業をしていた。不思議なことに、パソコンから機械的な女性の声が聞こえていた。池丸も興味深そうに紀乃がパソコンをしている様子を眺めていた。

「紀乃さん、これはもしかして音声パソコンですか」

「はい。今日からこれを使わせてもらうことになったんです」

音声パソコンをみるのは初めてだった。音声だけでなく、紀乃のキーボードには色とりどりの丸い出っ張りがいくつもつけられている。指でキーを判断するのに便利なのだろう。

パソコンから再生される声の口調は非常に速い。それも紀乃が何か動作をするたびにすかさず動作の説明が語られる。あまりに速すぎて全部聞き取るのが難しかった。

「慣れると全部わかるようになるんです」

紀乃の技術レベルは相当な物だった。エクセルの表をてきぱきと、音声を頼りに作っている。データ入力すらままならない理吉よりも余程使いこなしていた。

「私こんなパソコンあるのここで初めて知ったよ。紀乃さんもすごいねー」

三元がいつも以上に化粧の濃い目を丸くしていた。

「盲学校に入ったとき音声パソコンに出会ったんです。初めて使ったときは本当に感動しましたよ。パソコンがしゃべるなんて全然知りませんでしたから」

確かに、音声がなければ紀乃はこうしてパソコンを使うこともできないだろう。ここまで使えるようになるのだって、どれだけの苦労をしてきたかわからない。

それから仕事に入ると、僕はデータ入力の作業に取り組んだ。理吉も慣れない手つきで少しずつ入力していた。池丸はまだタイピング練習をしている。

データ入力は物件のデータを調べて、ネット上の情報と照合し、正確なデータの裏付けをとったところでエクセルというソフトの表に入力していく、単調な仕事である。長い時間やっていると頭が朦朧として具合が悪くなるので、間々によく休む。

その単調な仕事でも、工夫次第では効率をあげられることがわかった。重要なのはマウスを使う動作を最低限に減らし、なるべくキーボード上で入力、移動を行うのだ。ショートカットキーというパソコン操作を簡単に行う機能もあり、それを使うようになってから、どんどんスピードが上がっていった。

「お前すごいな。プロかよ」

理吉がうんざりしたように片目をつむり、赤い後ろ髪をかきむしっている。

「藤野さんだってそのくらいできると思うけどなあ」

僕が皮肉をいうと理吉は不機嫌そうに僕を睨みつける。

「ああ？　なんだてめえ俺に説教する気かよ。関係ねえだろ」

それっきり理吉はデータ入力をやめて自分の絵を描き始めてしまった。

どうも釈然としない。彼は藤野のなにが憎いのだろう。

昼休みになると、僕は紀乃と一緒に弁当を食べる。本当は就労移行に通っている女性たちと食べるのがいいのだろうが、彼女らは「気を使って」くれているようだった。

「私にとって本当はパソコン画面もいらないくらいなんです。音声とキーボードがあれば問題なくできますから」

さっきの音声パソコンの話の続きをしていた。よくよく考えれば僕が当たり前のように使っているマウスだって不要なのだ。

不思議なことにも気づいた。紀乃は僕が大きく顔を動かしたり、席を離れようとしたりするとき、まるで僕が見えているように顔が動くのだ。

「ええ、ちょっとした動きや空気の音で、なんとなくわかるときがあるんです」

目が見えない分、他の感覚が研ぎ澄まされているということだろうか。僕とは大分世界のとらえ方が違うのかもしれない。

それにしても、視覚に障害を持っていることで、紀乃は言葉に仕切れないくらい不自由な思いをしているのだろう。自分が同じことになったらまともな気持ちではいられないのではないか。

「伊知郎さん、ちょっと外の角まで連れていってもらえませんか？　オーディンに、トイレをさせてあげたいから」

オーディンのトイレと聞いてハッとさせられた。犬は特別躾がされていなければ道々に尿をかけてマーキングする。しかしオーディンは少しもそんなことはしない。我慢するよう訓練されているのだ。

「大丈夫ですよ。いきましょう」

連れていってほしいというのは、肩を貸して先導してほしいという意味である。僕は肩に紀乃の華奢な手を乗せながら、ゆっくり入り口を出て、外の角まで歩いていった。

こうして紀乃の役に立てている自分が嬉しかった。

クリスマスの季節になった。彼女も友達もいない僕には楽しみなどない時期だが、スタンドアップでは十二月にクリスマスパーティーをやることになっていた。

三元から情報を聞くと、どうやら紀乃も参加するようだった。僕もその場で参加を決めた。

「ふうん。伊知郎君。これは女としての忠告だけどね」

三元が人差し指を僕に突きつける。

「ああいう子は人のことを凄くよくみてるから、邪《よこしま》な心で接してると見透かされるよ……たとえ顔はみえなくてもね」

三元の言葉に僕は喝を入れられる思いだった。彼女は僕が紀乃のことを好きだということがわかっているようだった。

「だってあなたバレバレなのよ。一目でわかったよ。あなただってみんなが知ってることわかってるでしょ？」

三元がフフフと笑う。

「紀乃さんの前ではいわないでくださいよ。僕はこれでも……」

「わかってるって、上手くやりなさいね」

この上なく恥ずかしかったが、紀乃との仲を応援してもらっていることには嬉しい気持ちがあった。

十二月下旬の土曜日。予定通りクリスマスパーティーが開催された。参加したのは支援員たちとB型の四人、就労移行からの参加者が二十人ほどだった。

まずは支援員の作ったカレー鍋が振る舞われた。カレーベースの汁の中に肉団子や野菜が沢山入っている。僕はお椀に汁と具を入れて、紀乃に手渡した。僕は完全に紀乃のサポート役にまわっていた。

「伊知郎さん、いつもありがとうございます」

紀乃が目を細くして笑っている。お安いご用だった。ここ二週間、僕はずっと幸せなのだ。

「池丸さんや理吉君も優しくしてくれるし。私、凄くいいところに入ったと思ってます」

理吉はよく紀乃に絡んでいるのをみたことがあるが、池丸に関しては紀乃どころか支援員以外の人と話しているのをほとんどみたことがない。声をかけてもほとんど反応してくれないのだ。

「あの人は本当にいいことをいってくれるんです。私感動してしまいました！　きっと優しい顔をした人だと思います」

池丸が一体紀乃になにをいったのか気にはなったが、なんだか怖くて聞けなかった。一人で鍋を食べている池丸を遠目でみてみたが、表情に乏しい顔としか思えなかった。

一通り鍋を食べ終わると、今度は個人の出し物が披露された。所長の小森がギターを持ってきて、邦楽の弾き語りをはじめていた。なかなか達者なもので、クリスマスソングを弾き終わると、利用者たちがアンコールと手をたたき始めた。

B型からは理吉が出し物として、なんと人形劇をやると言い出した。形のおかしいシロクマとウサギの人形が二つ、理吉の手にはまっていた。

「なにあのクマだっさ！　キッモ！　マジウケるんだけど」

「なんだとちょっと着飾ってるだけのウサギが調子に乗りやがって。食い殺してやる！」

話の内容はこうだった。洗練された都会人のウサギがある日、緊張しながら渋谷までナンパしにきたシロクマを笑って殺されそうになる。しかし周りの女の子たちに笑われたシロクマは恥ずかしさで顔が赤くなってしまい、それを見かねたウサギは命を助けてもらう代わりに、シロクマに最新のファッションをコーディネートしてあげる、と提案した。

随分変わった物語だったが、皆、物珍しそうに理吉の劇を眺めていた。ウサギのコーディネートによってシャイで純朴な青年だったシロクマは垢抜けた大変なモテ男になり、彼女をとっかえひっかえする漁色家になってしまった。最後にウサギが「やれやれ、肉食獣はこれだからね……」と呆れたところで劇は終わった。

理吉の人形劇はまずまず好評で、それからも利用者たちが携帯の音源によるカラオケで自分の歌声を披露するなど、時間いっぱいまで出し物は続いた。

緊張して疲れたのか、理吉は休憩室の方に行って姿をみせなくなってしまった。具合が悪そうだったので少し無理をしていたのかもしれない。

ビンゴゲームの時間になると、全員分の賞品が机に並べられ、一人一人にビンゴカードが配られた。紀乃は番号を空けることができないので、僕が代わりに二人分空けるようにしていた。するとなんと五回番号がいわれただけで紀乃はリーチになり、次の番号でビンゴになってしまったのだ。

紀乃に渡された賞品はロボットのプラモデルだった。話によると藤野が寄付したものらしい。

しかしなんとも紀乃にミスマッチな賞品だった。

「うれしいです。お母さんと一緒に作ります」

僕は紀乃がなんと思うか心配だったが、紀乃は輝かんばかりに満面の笑みを浮かべプラモデルの箱を抱いていた。こちらが感動するほどに嬉しそうだった。自分がビンゴになるより百倍よかったと思った。ちなみに僕がもらった賞品は小さなラジオペンチである。

最後にケーキがみんなに配られたが、オーディンがちらりと物欲しそうな表情をみせるのが気になった。いつも精悍な顔をしているオーディンにもこういう一面があると思うとほほえましい気分になった。もちろん犬にケーキなど食べさせてはいけないのだが。

いろいろあったけれど、僕にとって人生で一番楽しいクリスマスだった。今年ももうじき終わる。来年はもっと良い年にできるだろうか。願わくは、紀乃と一緒にいられる幸せがずっと続いてほしかった。


プログラミングの勉強をしながら年越し、というもの良いなと思っていた。

大晦日の夜、携帯のテレビで紅白歌合戦を流しながら僕はパソコンに向かってPHPを勉強している。スタンドアップが仕事納めをしてから、家からほとんど出ずに、勉強を続けていた。一日の半分は布団で寝ていた。

しかし二十三時にもなると限界がきていた。精神に限界がきたのではなく、激しい睡魔が襲ってきたのだ。僕はなんとかパソコンを終了させ、半纏《はんてん》を脱ぐと、布団に倒れ込みそのまま年越した。

起きたのは元旦の午前十一時だった。隣の部屋がやけに騒がしい、どうも弐郎が友達を呼んで馬鹿騒ぎをしているようだった。弐郎が家族の前では決して出さない、楽しそうな声ではしゃいでいる。

「あいつには仲の良い友達が沢山いるんだな」

嫌でも差を感じさせられる。僕はといえば家に来るような友達も、彼女もいない。年賀状だって届かない。寂しいものである。

「お前、正月くらい誰か友達と一緒に初詣に行かないのか」

振り返ると親父が入り口に立っていた。この人はなにかあれば僕に話しかけてくる。

「行かないよ。一緒に行くような人は誰もいない」

「新しく通っている施設でも、仲の良い友達ができていないのか？」

それをいわれて紀乃の顔が思い浮かんだ。あの娘と一緒に初詣に行けたらどれだけいいことだろう。だけど僕はいろいろな意味で壁を感じていた。

「いない、誰もいないよ」

親父は少し眉を上げて、ふんと息を吐いた。

「だったら俺と行くか？」

一瞬耳を疑った。僕を初詣に誘おうというのだ。あれだけ普段憎まれ口を叩いている親父が。

「や……やだよ。行くわけないだろ」

「ふん、お前全国アビリンピックに出たいんだろう？　毎日勉強しているようだが」

父が声をかけずとも、僕の様子をしばしば見に来ていることは知っている。いつも監視されているようで煩わしかった。

「だったら優勝できるように、年の始めくらい神頼みをした方がいいんじゃないのか？」

それはもっともだった。しかし父と行くのはどうも嫌だった。父と一緒に初詣に行くのを人にみられるのも嫌だった。

「なら本屋の近くの神社が良い。人なんていやしないからな。良いからお前はついてこい」

「ちょ、ちょっと」

父に手を掴まれ、強引に外へ連れられていく。結局僕は一緒に初詣に行かされることになった。外は相当に寒いので、ダウンジャケットを着て、ジーンズの下にタイツを履いた。

元旦の外はいつも以上に人の気配がない。車とすれ違うくらいである。僕は父の後ろ姿に、少し距離をとりながらついて行っていた。

歩いて十分ほどでその神社にたどり着いた。元旦だというのに、父のいうとおり参拝客は一人もおらず、人目を気にせずお参りをすることができそうだった。

父は賽銭箱の前で手を合わすと、なにかを強く祈っていた。僕も十円を入れて、アビリンピックのこと、紀乃のこと、病気のことを思い浮かんだ先から祈っていた。

目を開けて横目で父をみると、まだ父は祈り続けていた。そんなにも強く願うことがあるのだろうか。

そういえば、昔は父と一緒によく初詣に行ったものだった。

確か、弐郎が生まれた後のことだった。ある有名な山にある神社まで、無事弟が成長するようにと祈りに行ったのだ。あのとき家族の仲はよくて、父も今みたいに機嫌は悪くなかった。あの頃、僕はもっと大らかに生きていた気がする。

父はあのとき、弐郎のため強く祈っていた。僕も同じように幼い弟のことを祈った。

そのとき、父が売店で樹齢六百年の木でできた箸を買ってくれたことを覚えている。珍しい物を買ってもらい嬉しかったが、結局使わず、今ではどこにいったのかわからなくなってしまった。

神社から家に戻ると、階段で弐郎の友達とすれ違った。気弱そうな目をした、坊主頭の痩せた少年だった。

「お邪魔してます」

礼儀正しく彼は頭を下げ、弐郎の部屋へと戻っていった。なかなか良さそうな子じゃないか、と思った。

弐郎の部屋はまだ盛り上がっている。僕は友達がたくさんいる弐郎が羨ましかった。

正月を終え、スタンドアップの作業も再開された。休み明けということで、就労移行の方では何人かの利用者が体調を崩して休んでいた。B型の方は四人全員しっかり通所していた。

新しくテープ起こしの仕事が受注され、全員でそれに取り組むことになった。数十分程の音声データをテキストに起こす作業である。音声の質によって聞き取り易さが全く違うし、一度ではとても聞き取れないので、簡単にできる仕事ではなさそうだった。

しかし紀乃はテープ起こしに対して適性があった。ヘッドホンで何度も音声を聞き直しながら、速いペースで次々テキストに起こしていた。素直に凄いと思った。

オーディンはあまりに動かないので、ちゃんとそこにいるのにまるで景色の一部のように感じることがある。紀乃のいうことをよく聞くし、おとなしくて、品がよくて、とても良い犬だと思う。盲導犬はみんなそうなのだろうか。

「伊知郎さんもお願いね、疲れるんで休み休みでいいから」

小森が大きい手を僕の肩にポンと乗せた。藤野は池丸、三元は理吉のサポートをしている。僕もイヤホンを耳につけて、割り当てられた十五分の音声データをテキストに起こし始めた。

最初の五分くらいは、何度も音声データを巻き戻して聞き直しながらテキストを打ち込んでいき、どうしてもわからない箇所は黒丸をつけて保留にするなど、なかなか順調に作業を進めていた。ネット上で情報を探すのは得意なので、わからない単語を探すのもスムーズにできた。

「この会社……という……は、……で製造されています」

「この会社の……という製品は……にある子会社で製造されています」

「この会社のコーンビスという製品はベトナムにある子会社で製造されています」

何回も聞き直していくと、徐々に詳細まで聞こえてきてなにをしゃべっているのかがわかってくる。文章が出来上がっていく過程は面白い物だった。

しかしこの聞き取りにくい音声を何度も巻き戻して聞き直す作業は意外なほどに精神に負担がかかった。なにかに似ている、と思ったら幻聴の感覚に似ているのだ。耳を澄まして、聞き取りにくい音をなんとか聞こうとする。いつか僕を殺さんばかりに責め立ててきた声も、完全には聞き取れない声がたくさんあった。何度も何度も聞かされていくうちに、言葉という言葉が僕の脳内を恐怖で支配していった。テープに混じっているゴオオオォという雑音が僕の神経を荒らしていく。

それでもなんとか作業をこなしていたが、途中から耐えられなくなり、僕はイヤホンを外して頭を抱えてしまった。声が脳を締め付けるようで、気持ちがおかしくなりそうだった。

「おい、どうした伊知郎？」

理吉が声をかけてくれたことで、支援員も僕の異状に気づいた。

「なんだか……頭が苦しくて」

目を開けているのが辛くて強く何度も目を閉じてしまう。胸苦しくて息苦しかった。

「向いてねえことは人間あるよ。あんまり無理すんなお前は」

理吉が思いの他、優しい言葉をかけてくれた。僕はいったん外に出て休むと、支援員と話し合って早退することにした。

「できない仕事だってわかってれば、受注もしないようにするよ。あんまり気にしないでね」

小森が労《いたわ》るような丁寧な口調でいう。僕はボロボロの気分でスタンドアップを出て、バイクで家に帰った。

具合が悪くなっているとき、僕はバイクの速度をかなり落とす。事故を起こすのがなにより怖いからだ。車道の端を走っているので車がどんどん追い越していく。

僕は残念だった。紀乃と同じ仕事をすれば、その分、紀乃との話題も増える。仕事の苦労を話し合うことで、会話が盛り上がったかもしれない。しかしどうやら僕はテープ起こしに向いていない人間らしい。

紀乃は決して嫌な顔をしない。だけどもう話題がない。僕はこの先、彼女になにを話せばいいのかわからなくなっていた。

一月末になった。テープ起こしやデータ入力の作業をした結果、作業者一人一人に工賃が渡された。

「伊知郎さん頑張ったねぇ。結構入ってるよぉ」

小森が大げさな口調で工賃の入った封筒を僕に渡す。

「まさか、期待してませんよ」

小森から渡された封筒の中には領収書といくらかの工賃が入っていた。正直小遣い程度の物だったが、久しぶりに気持ちのいい形で収入が入って嬉しかった。

「働いてお金がもらえるって嬉しいですね」

紀乃が嬉しそうに赤みがかった頬をほころばせながら、工賃の封筒を手で触って確かめている。仕事でお金をもらう経験があまりなかったのかもしれない。

「紀乃さんはそれで何か買うんですか？」

少ないとはいえ小遣い程度のお金である。使おうと思えばなにかほしい物が買えるはずだった。

「私は、お母さんに渡すことにします」

それを聞いてハッとさせられた。いつも養ってもらっている人にお金を渡すなんて殊勝な考えである。僕にはその発想がなかった。食べたい物を食べたり、欲しいマンガを買ったりして使ってしまおうと思っていた。

「……僕も、母に渡そうかな」

「きっとお母さん喜びますよ。伊知郎さん」

紀乃は幼子のような愛嬌のある笑みを浮かべている。それをみた僕の胸に温かい物が湧いてきた。その気持ちはバイクに乗って帰る途中も、ずっと続いていた。

家に戻ると居間に母と弐郎が座っていた。弐郎がいると調子が狂うが、ともかく母に工賃を渡すことにした。

「母さん、これ、少ないけどスタンドアップでもらってきた工賃」

母はお金がもらえるところなのかと驚いていた。どうも仕事をしにいく場所ということは知っていても、それでお金がもらえることを知らなかったらしい。

僕があらためてスタンドアップの説明をしようとすると、突然弐郎が立ち上がった。

「お！　いいじゃん！　ちょうど金なくて困ってたんだよ」

弐郎が母の手から工賃を横取りすると、乱暴に封筒を開けて金勘定を始めた。僕はあまりのことに怒りを抑えることができなかった。

「おいお前！　それは母さんに渡したんだ。お前なんかに渡した金じゃない！」

弐郎は面倒くさそうに僕を睨みつけてくる。

「なにいきり立ってんだバカ。俺はどっちみち金をもらう予定だったの。ちょうどババアの金が足りなかったからお前の金をもらっただけ。頭冷やせよクレイジーが」

「な、なんだと！」

「なんだと、じゃねえよカス。俺はなにも変なことはしてないっての」

弐郎のあまりのいいように僕は耐えられなかった。

「いいからその金を返せっていってんだよこの野郎！　これは僕が稼いできた金だ！」

僕は工賃を取り返そうと弐郎の腕につかみかかった。

「なんだてめえ、うっぜえな！　殺すぞ！」

組み合ってお互い体勢を崩し、双方向へと倒れ込んだ。すると弐郎の倒れた先に飾ってあったアビリンピック優勝盾が弐郎の顔の上に落ちた。

「痛ってえ！　畜生。よくも！」

怒りで顔を真っ赤にした弐郎はなんと優勝盾を足蹴にしてバリバリと壊してしまった。あれは僕の努力の証だ。誇りだ。なんてことをしてくれるんだ！

「ふざけんなあああ！　よくも僕の誇りを！　絶対に許さないぞ！」

僕の拳が弐郎の頬に入る。弐郎は少し後ずさるが、すぐ反撃に入った。

弐郎はさっきよりさらに顔を真っ赤にさせると「てめえ俺を殴りやがったな」と僕の頬に二発。腹に強烈な蹴りを食らわせてきた。

「うおぅ……！」

「なにが誇りだよ。調子に乗ってんじゃねえぞクズが！」

僕は体勢を立て直す間もなく、弐郎の連続攻撃にさらされた。テニスで体を鍛えた弐郎は十五歳にして大人の僕よりよっぽど強かった。

腹を、背中を、脚を、各部位が一方的に殴られ蹴られる。僕は反撃するが難なくかわされる。その間に強烈な一撃を食らわされる。

体中を殴られ、最後になると顔をボコボコにされた。

母が止めに入ったが、もう僕は立ち上がることもできなかった。狭い視界の中、弐郎が悪魔のように笑っているのがみえた。

「一回お前を、こうしてやりたかったんだよ」

弐郎は醜くにやけると、僕の顔に唾を吐きかけた。それから愉快そうに笑いながら自分部屋へと上がっていった。

なんて、奴……だ。

金をとられ、誇りを壊されたというのに、力でねじ伏せられたのだ。悔しくて、情けなかった。

それから僕は一矢報いることもできず、意識を失った。

小学生の時、年の離れた弟ができた。まさか兄弟ができるとは思わなかったので、母の妊娠を聞かされたときはとても驚いた。実際に丸々とした赤ん坊を目にすると、なにか奇跡でもみているような気分になった。

僕が伊知郎なんて名前だったから弟は弐郎と名付けられた。父のネーミングセンスにはいささか疑問を感じるが、当時は僕も気に入っていた。

年の離れた弟は可愛かった。僕と比べて顔もきれいだった。なんだか宝物をみるような思いで弐郎をみていたことを覚えている。それから弐郎は皆に愛されながら、どんどん成長していった。

僕自身は小学校卒業を境に、友達の少ない、偏屈な少年に育っていった。それどころか酷いいじめを受け、学校で安心して生きていくこともできなかった。制服に蹴られた足の跡がついているのなんて日常茶飯事だったし、授業中もねちねちと嫌がらせを受けていた。前の席のいじめっ子にわざわざカッターで尖らせたシャープペンシルで延々と脚を刺されて血が出たことをよく覚えている。

殴られ、貶《けな》され、脅されて、狭い世界で生きていくしかなかった。ずっと締め付けられていて、なにかを為そうと考える余裕もなかった。

弐郎にはそんな姿をみせたくなかったので、僅かないじめ以外の話を語ってやっていた。弐郎がよく話を聞きたがるので、当時は大変困っていた。

高校に入ってからは親父との仲がこじれた。自分に強い自信を持ち、母や他人を責めてばかりの親父の傲慢さがずっと不満だった。一度喧嘩になって殴られ、散々に敗北してからは、僕はひたすら親父を無視するようになった。家の雰囲気は著しく悪くなり、弐郎もあまり僕に話しかけてこなくなった。

東京の大学に進路が決まると、家を出てアパート暮らしをするようになった。大学では一人も友達ができず、いつも空いている教室で飯を食べていた。

「キモイ」

「みてよあの顔、ヤバいよね」

「あんな人が隣に住んでるなんて最悪」

ある日を境に、アパートにいる間中、自分の悪口が聞こえてくるようになった。

「ねえねえ目ぇぎょろつかせてるよ」

「まさかカメラの場所がばれたんじゃねえのか？」

「この人頭いいよ、カメラの場所捜してるもん」

僕は最初なにが起こっているのかわからなかったが、明らかに相手は部屋の中にいる僕のことを見ているようだった。聞こえてくる声から判断するに、隣の部屋の住人から小型カメラで盗撮されているに違いないと確信した。

しかしそんなものはみつからなかった。捜すのに疲れ果て、それでも延々と声は止まなかった。それどころかアパートだけではなく、どこにいても声を聞こえるようになってきた。自分の存在を否定され、性的な場所を貶され、強い言葉で脅された。

「こいつ最低だよね、あんな顔して悪いことばっかり考えてる」

「最低男を馬鹿にするの楽しいね」

「あの人窓の外に出たよ、私たちのこと探してるキモイ。飛び降りて死ねばいいのに」

明らかに自分を攻撃している存在を感じている。確実にいるはずなのに、僕はそいつらのことをなにも知らない。逆に相手は僕のことをなにもかも知っている。どれだけ屈辱を受けてもなんの反撃もできなかった。

それが二ヶ月ずっと続き、僕の精神は限界に達していた。独り言は止まらなくなり、周りに恐怖され、ついには親がやってきて精神科に入院する羽目になった。病棟で投薬治療が始まると声が消えた。

結局僕が大学で苦しんでいた声の主は幻聴ということだった。なにがきっかけだったのか、どういう原因でそうなったのかはわからない。一つわかるのは、一度の入院でそれは治らなかったということだ。

退院後、東京のアパートを引き払い地元に帰ると、地獄のような生活が待っていた。別に家の環境が悪かったわけではない、強い薬を処方されていたせいで、なにもする気になれなかったのだ。倦怠感と共に、一日中部屋の布団にくるまっていた。

そのときに親父から「俺に逆らうからこういうことになるんだ」といわれた。それ以上にきつかったのは弐郎からの冷たい視線だった。最初異様な物をみる目で僕を眺めていた弐郎は、徐々に敵意をむき出しにし、弱った僕に向けて汚い言葉を投げてくるようになった。

「役立たず！　俺はお前みたいな大人には絶対にならないぞ」

「こんな風になるくらいなら死んだ方がマシだ！」

僕の心はどんどん落ちぶれていった。そして幻聴もまた激しくなり、今度は僕を殺さんばかりに罵声を浴びせてくるようになった。

「こいつ最低だ。また悪いこと考えてる」

「脳溢血にして殺しちゃおうぜ」

「そうだこいつ殺そう」

やめろ！　やめてくれ！　僕がなにをしたっていうんだ！　こんなに責められなければならないほど悪いことなんてなにもしていない！

いくら自己弁護しても、命乞いしても声は止まず、結局また入院しなければならなくなった。入院中も幻聴にはずっと苦しめられた。

それからも継続して弐郎には憎まれている。僕は失意の中、病院の社会で細々と生きるようになった。

目を覚ますと居間の畳の上だった。体には毛布がかけられている。母がかけてくれたらしい。起きあがろうとすると体中に鈍い痛みが走った。思わず声を上げてしまった。

そういえば僕は弐郎にボコボコにされた後、居間でずっと気を失っていたのだ。弐郎はとにかく強かった。普段ろくに運動もしていない僕では太刀打ちできなかった。

「ああ、伊知郎君気がついたんだ」

ダイニングから三津子が顔を出してきた。頻度は減ったものの、相変わらずこいつはうちに遊びに来る。

「弐郎君は酷いね、こんな弱っちい人を容赦なくサンドバッグにするんだから。酷いよ鬼だよ！」

弱っちくて悪かったな、といいたかったがあまりにみっともなくていえなかった。

「でも伊知郎君がしっかりしないと弐郎君を止める人がいないから、頑張らないと」

三津子の言葉に酷く重荷を背負わされている気分になった。あんな強くて傲慢な弟を止められる自信がなかった。

「それはしんどいな。でも僕ばっかりの責任じゃない。親父だって僕のことは押さえつける癖に、弐郎にはニコニコしてるんだから」

三津子が少し不満げに顔をしかめた。

「伊知郎君、守《まもる》おじさんのこと、まだ嫌いなの?」

三津子が親父のことを守と呼んだ。自分の親父の名前なのに、なぜだかいつ聞いても聞き慣れない。

「ああ、嫌いだよ。あの人は自分の中でのあるべき姿でしか人をみないから。自分は暑苦しいこと考えてる癖に、他人に対して冷めてるところも、うんざりするね」

「随分酷いことというんだね、伊知郎君」

三津子が僕を睨んでくる。大きな目が酷く強い眼光を放っていて、どうも目が合わせづらい。

「三津子、お前は知らないだろうけど、僕は親父とうんざりするくらいくだらないやりとりをしてきたんだ。そんな風に責められてもこっちは困るんだよ」

「くだらないのは伊知郎君の考えだって。私は私で伊知郎君が知らないおじさんのこと知ってるもん」

三津子の言葉はいちいち僕の癪に障った。どうしてこいつはそんなに親父のことを弁護するのだろう。

「随分突っかかってくるんだな三津子、お前、一体親父のなにを知ってるっていうんだ？」

三津子がハアとため息をつく。それから上目遣いに僕をみながら話し始めた。

「私、昔からよくおじさんに遊んでもらってたけど、おじさん嬉しそうに伊知郎君や弐郎君の話をしていたよ。子供はなによりの宝物だ。命に替えても守るんだってね。家に金がなくなったら飛び降りてでも金作ってやるなんていってたな。そこまでいえる人そんなにいないよ？それに伊知郎君が仕事しないで生きてこられたのだっておじさんが定年前にしっかり家にお金を残してたからでしょ。伊知郎君が引き払ったアパートの後始末をやったのだっておじさんだよ。私はどうして伊知郎君がそこまでおじさんのこと嫌いになれるのかって理解できない、それって甘えだと思うな」

親父が三津子にそんなことをいっていたとは知らなかった。驚かされたが、同時に酷く苛立たされもした。

「甘えだって？　随分いってくれるじゃないか。金でなにもかもなんとかなるなら僕だって病気にはならないし、武郎だってあんな性格にはならないだろ。大体なにが飛び降りてでも金を作るだよ。そんな風に簡単に考えるからあの人のことは嫌いなんだ！」

三津子は呆れたように両手を開いて天を仰いだ。

「あーやだやだ。伊知郎君もう少し頭がいいと思ったのに、がっかりした。頭に血が上ってまるで話にならないんだから」

その言葉で僕はいっそう頭に来た。怒りに任せて三津子に対して怒鳴りつけた。

「ああそうかい。頭が悪くて悪かったな！　だけど甘えだの、失望しただの、お前の大好きな親父にいわれ続けてげんなりしてるんだ。お前の話なんか聞きたくないからとっとと出ていけ！」

僕が怒鳴りつけると、三津子はあーあーと両手で耳を塞ぐ仕草をした。

「ガキだね、伊知郎君。いいよもう来ないから。さようなら」

三津子はそういうと、そのまま外に出て戻ってこなかった。

不愉快な時間だった。三津子にいわれるとなんだか自分が間違っているような気がして胸くそが悪かった。

「くそっ、あいつ……勝手なことばかりいいやがって……！」

僕は部屋に戻った後、自分の怒りに対してさらに怒りが湧いてきた。自分の怒りの中に親父が宿っている気がしたのだ。

冬を越し、三月になった。僕は相変わらずスタンドアップで仕事をしていたが、最近は平日でも家で勉強する時間を作れるようになった。体力がついてきた、というよりも、時間の配分が上手くなったのだ。効率的に休み、寝る前の二時間が勉強時間になった。

薬が替わってから体調も変わった。しかし良くなったと自信を持って言い切れない。相変わらず突発的な不調は止まないし、雨の日は気分が落ち込み、なにもする気がなくなってしまう。ただ同じ具合の悪さでも、深さが大分変わっていた。語るとなると微妙なところだが、前はそのまま入院してもおかしくないような猛烈な不調だった。今は今で苦しいが、終わりがみえる苦しさだった。

今日は調子がいいので、パソコンの勉強をしている。勉強するといいこともあった。紀乃にそのことを話題に話すことができるのだ。紀乃はいつも「伊知郎さんいつも頑張ってて努力家ですね。またパソコンの話聞かせてください」と笑ってくれる。

ここのところ毎日が楽しかった。わからない箇所に悩むのも、それはそれで醍醐味だと思えた。苦労した分、話の起伏が富む。

「お前そんなに毎日パソコンの勉強ばかりして、本気で仕事にするつもりなのか」

親父が部屋の入り口で僕を睨んでいた。いつもの親父である。一気に気持ちが萎えてしまった。

　この前、三津子が語った親父のことが頭に残っていた。親父の一面ではあるのかもしれない。だけど三津子があんなにも親父を弁護するのには苛立たされたし、それに反論してガキ扱いされたのも不愉快だった。この不機嫌そうな親父の姿をみてなおさらそう感じた。

「ふん。どうせお前、あのパソコンの大会に出るだけのために勉強をしてるんだろう。そりゃ努力するのはいい」

　親父が目をつむって眉間に皺を寄せた。そんな疲れをアピールする顔をみせられるのはたまらなかった。

「だけどお前は一体そんな金にもならない大会になにを求めているんだ？　俺にはそれが不思議でならない」

　僕は大会で賞をとりたい。賞をとって紀乃や仲間たちに褒めてもらいたい。それがそんなにくだらないことだろうか。

「いいたくはないけど……僕には今これしかないんだよ。他の仕事をやろうとしても頭がついていかないんだ。僕なりにできる限りのことをやってるんだよ！」

　僕は必死に主張したが、親父は冷たく鼻で笑う。

「聞けば聞くほど薄っぺらい考えだ。僕にはこれしかないだと？　全く甘えん坊もいいところだな！」

　親父はまた僕のことを否定すると、くだらないものをみるように目の下に皺を寄せ、僕の目を睨んできた。

「俺の時代にはな、自分の仕事を持って家を支えることが一番の頑張りだったんだ。だけどお前はただ楽をして遊びたいだけだろう？　今だって俺の稼いだ金で生きている癖に、勝手に可能性を自分の都合の良い方に向けているだけなんじゃないか？」

あまりの言われように僕は体がガタガタ震え、そのまま倒れてしまいそうだった。事実を突きつけられたせいなのだろうか。それにしては親父の言葉には反論したい点が多かった。

「顔を真っ赤にして情けない奴だ。まあ今は遊んでいればいい。だけど忘れるなよ、みんながお前を馬鹿だと思っていることを」

親父は捨て台詞を吐くと、部屋に戻っていった。

それから長い間布団の上で固まっていた。親父と話すと結局いつも一方的に貶され、追いつめられてしまう。

頑張っていても、親父は僕を認めてくれない。自分なりの頑張りでは駄目なのだろうか。そんなに僕は間違ったことをしているのか。

僕は親父の理想通りには生きられない。昔の自分にも戻れない。だからやることは一つしかない。

一時間程休み、少し気持ちが落ち着いてきた。僕は全身に力を入れ、体を起こし、ゆっくりと机まで歩いていった。

反発する心は力になる、僕は椅子に座ってパソコンに向かうと、勉強を再開した。気持ちを切り替えるために八十年代ヒットソングのＣＤも流した。選曲が古いのはデイケアのカラオケで散々古い曲を聴かされた影響である。

僕はパソコンに表示されたプログラムを睨むと、本と見比べながらひたすら試行錯誤を繰り返した。


スタンドアップでは長らくテープ起こしとデータ入力の案件が続いていたが、ようやく全ての仕事が納品と相成った。新規利用者もぞくぞくと集まり十人を超え、今では時間をずらさないとパソコンが空かないほどだった。

今日はB型利用者の月末ミーティングが開かれることになっている。今までは予定だけは立っていたものの、忙しいのと全員の都合がつかないせいで延期になっていた。しかしいい加減開かないと運営上まずいということで、支援員と利用者が一堂に集まることになった。

まず今までの仕事の成果について小森の方から話があった。テープ起こしにしても、データ入力にしても、納品したデータの質が非常に良いと依頼主から褒められたらしい。支援員たちもスピードより正確性と皆に周知していた結果が出たということだろう。

次に藤野の方から今後の方針が示された。大きな変化としては、利用者ごとのスキルの差を考慮して、今後は業務組と学習組に分かれることになった。僕や理吉、新しく入った二人は業務組。紀乃や池丸は学習組に入ることになった。

紀乃が学習組に入ったのは僕たちと同じ仕事をすることが難しいからだろう。他の仕事をするにも、覚えなければならないことが多いのかもしれない。

それから各利用者が要望を話す番になった。これに関して僕はいろいろといいたいことがあった。

それは仕事をしているわけだから需要に合わせるべきだというのはわかっている。それでもデータ入力をずっとやっていたところで、パソコンスキルが伸びるわけではないのだ。正直単純作業の繰り返しは面白くない。できればせっかく勉強しているホームページやプログラミングを仕事で使ってみたかった。

まず理吉が「データ入力なんかやってても俺の画力が生きねえんだよ。もっといい仕事をよこしてくれ」と発言した。あくまでこいつは横柄な態度を崩さない。

「理吉君、何度もいうけどそんな言葉遣いじゃどこいっても使ってもらえないぞ。ここだって仕事をする場所なんだから甘く見てもらっちゃあ困る」

小森が穏やかに諭すと、理吉は目をそらして舌を鳴らした。確かに仕事以前のレベルの問題である。

僕の発言の番になった。僕は思っていることを率直に話すことにした。

「僕は家でも毎日ホームページの勉強をしてるんですが、今後はそういった仕事をやってみたいです。前から目指しているアビリンピックに向けて、実践を積んでおきたいんです」

アビリンピックの話は支援員にも利用者にもよく話している。僕が本気で目指していることも嫌というほどわかっているはずだ。

それを聞いた小森はうんうんと頷くと「元々うちはそういったクリエイティブな分野を目標に、勉強しながら仕事をこなしていく集団にしていきたいと思っています。今後そういう仕事も受注していくし、全員のスキル向上も図っていきます」と返事をした。

さらに小森は「そのためには伊知郎さんに業務組を引っ張っていっていただきたいです」と笑顔で僕に目を向けた。

僕はなにをいわれているのかわからなかったが、どうやら小森は僕をリーダー的存在に位置づけたいらしい。

「それはちょっと……僕じゃ力不足というか」

「いえいえ、伊知郎さんはパソコンスキルがB型ではダントツです。基本は支援員がサポートしますが、まとめ役をやっていただくと助かります」

利用者たちがみんな僕に視線を向けている。どうも断れない雰囲気になってしまった。

何度でも思うが、僕は別にパソコンのベテランでもなんでもない。ただこの半年間集中して勉強をしているだけの人間である。それがまとめ役を任されるというのは、悪い言い方をすれば、全体のスキルのレベルが低いのである。

今日もスタンドアップに通所すると、紀乃がオーディンと一緒にB型の方へ歩いているのがみえた。紀乃は上手く椅子に座ると、オーディンにも「シット、ダウン」といって伏せさせた後「グッド」といって褒めていた。

「紀乃さんおはようございます」

紀乃は僕の姿がみえない。だから僕の方から声をかけないと存在に気づいてもらえないのだ。

「伊知郎さん元気そうですね」

紀乃が意外なことをいった。表情がみえない紀乃は声の調子で僕のことがわかったはずだ。そんなにも元気そうな声をしていたのだろうか。

「ずっとパソコンの勉強してたから、疲れてるはずなんですけどね」

「毎日頑張ってるんですね」

紀乃はそういって大きな切れ長の瞳を輝かせ、日の光のように明るく微笑んでくれた。それに比べ僕の顔の貧相さには辟易するが、紀乃は決して僕の顔をみることはないので気にする必要もなかった。

「ええ、頑張っています。昨日は掲示板を作ってみたんです。インターネットで使われているのと同じようなものを。まだ簡単な機能しか使えませんが、しっかり書き込むこともできるしツリー機能だって搭載しました。これからどんどん改良していってレベルアップしたいですね」

僕が昨日の成果を次々話すと、紀乃は「すごいですね。どんどん進歩していくんですね」とまた笑ってくれた。

「良いな。私もパソコンの仕事に就きたいけど、全然できないから、もっとパソコンの勉強しなきゃ」

紀乃が弱気なことをいっている。僕はなんとか元気づけたかった。

「大丈夫です！　パソコンはやればやるほどできるようになるんです。努力家の紀乃さんなら絶対にできるようになります」

紀乃は笑顔のまま軽く頷いた。

「そうですね。私も伊知郎さんみたいに頑張らなきゃ駄目ですね」

そうだ。僕だって紀乃の分まで今年のアビリンピックを頑張らなければならない。

「僕も今年のアビリンピックで優勝できるよう頑張りますよ。これからだってまだまだいくらでもチャンスがあります。また一緒にアビリンピックに行けるよう頑張りましょう」

「ええ、頑張りましょう」

和やかな会話はこれで終わった。気になっていたのは、なぜか池丸がずっと僕らの会話を眺めていたことだった。一体なにを考えてみていたのだろう。

それから仕事の時間に入ると、僕は各利用者に指示を出す立場になっていた。その上で自分の仕事を進めていく、難しい役回りである。プレッシャーに感じなくてもいい、といわれても責任を感じてしまう。

今度仕事で作るホームページはまず情報から自分たちで集めなければならない。それでコーディングやデザインができる人がどんどんホームページを作っていって、スキルが足りない人たちには情報を集めてもらうことになった。

しかしただ情報を集めるだけでも、パソコン初心者には難しいようだった。僕はこんなこともできないのかと驚いたが、それが現状というしかなかった。

理吉にはサイトのデザインを任せている。人物画はデッサンが狂っているが、サイトデザインに関してはなかなかの物を作っているようにみえた。少なくともデザインセンスに欠ける僕よりずっといい物を作っている。

紀乃に関しては支援員から別のメニューを与えられていたので、特に指示をするようなことはなかった。画像がみえないとできない仕事が多いので、今回はその方がよかった。

しかし紀乃には僕がみえないものがみえることがある。最近、僕は紀乃に音声パソコンで僕のホームページをみてもらったのだ。

音声で開く僕のホームページには意外な穴が沢山あった。目でみれば間隔が空いているように見える場所でも、音声で聞くとそのまま繋がって読めてしまったり、入れておくべき文言をいれなかったせいで、音声を読まずそのままスルーされてしまったり、意図せぬ読み方をされてなにをいっているのかわからなかったりと、とても視覚障害者に使いやすいものとはいえなかった。

アクセシビリティという言葉がある。障害を持った人にでも使いやすいかどうかをいうものだが、これはアビリンピックの採点基準に強く影響するものだ。

「私でよかったらいつでもみますから」

紀乃はそういって協力を申し出てくれた。このうえなく心強い言葉だった。

僕は仕事をこなしつつ、家に帰ったらサンプルホームページを完成させて、紀乃にチェックしてもらおうと考えていた。

少し徹夜をしていた。スタンドアップに通うようになってから、大分規則に則った生活習慣になってきたが、時にはこうして日が変わった後まで作業することもある。

僕は紀乃にみせるためのホームページを、なんとか寝るまでに完成させようとプログラムの調整をしていた。アクセシビリティのチェックを再度してもらいたかったのだ。

ホームページの簡単な部分であれば、一度みてもらったことで大体のイメージを掴むことができた。しかしPHPで作ったプログラムの動作に関してはどのように読まれるのか予想がつかなかった。それを紀乃に教えてもらって、しっかり読めるようであれば、アクセシビリティは相当高いということになる。

午前一時半。夕方に一回寝たものの、そろそろ体力の限界がみえてきた。具合が悪くなる気配もみえはじめている。だからそろそろ寝なければならない。ちょうど作品も完成した。フラッシュメモリという記憶媒体に作品データを保存する。それを明日持っていく鞄に入れた。

準備も終わったので布団に潜ると、頭がやたらともやもやしているのを感じた。これが酷くなると締め付けられるような苦しみと共に、ゴオオオォと殺人的な音波が僕の耳に入ってくるのだ。その前に休めるようになったのも、薬を変えた成果のようだった。

それから少し悶えながら、なんとか一筋の光が通るような安息を感じ、眠りにつくことができた。この病気になってから微妙な体の動きがわかるようになった。

夢は今もよくみる。一番酷いのは入院直後の夢だけど、いつもそればかりみているわけでなく、起きた時には忘れているようなものもある。バリエーションは多彩で、たまに幻聴から逃げるように東京をさまよう悪夢や、学校を休みすぎて留年する夢をみることもあった。

夢の中で追いつめられ、酷いときには声をあげてしまう。夢だと気づいて目覚めた後も、みていた夢が今ある現実なのではないかという錯覚に襲われ、安心するまでに時間がかかる。

今日は夢の中で、東京の夜道を歩いていた。初夏でも夜は肌寒く、しかも僕は半袖で外を歩いていた。たくさんの人が前後を歩き、通り過ぎていく。

ふうっと、冷たい風が吹きすさび、僕の元気を奪っていった。目がしみるように痛かった。

把握できたのはそこまでである。あとはなにがなんだかわからない、ごちゃ混ぜの夢だった。

翌朝。僕はいつも通りの時間にスタンドアップに通所した。僕は紀乃の姿をみつけると、真っ先に話しかけにいった。昨日の頑張った成果を早くみてもらいたかったのだ。

「紀乃さんおはようございます！」

僕はなるべくいい声で挨拶をした。陰気な挨拶はしないように心がけている。

しかし紀乃の様子がおかしかった。返事がないし、僕に目もくれないのだ。

「紀乃さん？　聞こえないんですか……？」

やはり返事がない。紀乃はパソコンに向かいながら、黙々とエクセルで数式の計算をしていた。

どうしたんだろう。僕は不安になった。聞こえていないはずがないと思ったが、もしかしたらパソコンに集中するあまり、僕の声が入ってこなかったのかもしれない。

それから僕は時間を空けてしきり直そうと思い、自分の席に戻って仕事をはじめた。

いくらか時間が経つと、紀乃が理吉の名前を呼んでいるのが聞こえた。理吉は紀乃のサポートに回り、みえないところがどうなっているのか丁寧に教えているようだった。

「理吉君ありがとうございます。理吉君の説明すごくわかりやすいです」

「それくらいおやすいご用だよ」

二人はとても和やかそうに話していた。

いつもだったら、僕に声がかかるのに。なんで紀乃は理吉を呼んだのだろう？　僕はなおさら不安にさせられた。

まさか、なにかの理由で嫌われてしまったのだろうか？

いや、そんなはずはない。昨日だって別れたとき、紀乃は笑顔だったのだ。急に嫌われる理由がない。

ほとんど仕事に集中できないまま、昼休みに入った。この時間、僕は紀乃と一緒にご飯を食べている。これではっきりわかるはずだ。

答えはクロだった。紀乃は僕に声もかけず、女性の利用者のグループと一緒に弁当を食べていたのだ。

そんな馬鹿な！　一体どうしてこんなことになる！

紀乃は皆と一緒に、いつもよりよくしゃべり、よく笑っていた。楽しそうな様子をみせつけられている気分だった。落ち着いてみていることができず、冬に戻ったように体がガタガタ震えてしまう。

理由はわからないが、紀乃は僕を完全に無視しているようだった。僕は突然の異変にどう対応すればいいかわからなくなってしまった。仕事中も、家に帰ってからも、好きな女の子に嫌われる苦しみで頭がおかしくなりそうだった。

頼むからなにかの間違いであってほしかった。しかしそれから一週間、僕は紀乃に無視され続けたのだ。


前は毎日スタンドアップに通うのが楽しかった。紀乃としゃべって、笑ってもらえるのがなによりの幸せだった。

今は毎日が地獄のようである。好きな女の子に無視され、嫌われる苦しみは今まで感じたことのない、胸が張り裂けんばかりに強烈なものだった。学生時代の女子にだってここまで辛い思いにさせられたことはなかった。

考えてみれば前兆はあったのだ。その証拠に、最近の紀乃は僕がなにをいっても、あっさりとした返事をするばかりだった。

家ではホームページの勉強どころではなかった。全く落ち着かず、かといってなにをすることもできず今まであったことを思い返しては、紀乃に対して悪いことをしたのではないかと悩み、悶えていた。

一つ気になることといえば、弐郎の様子が最近おかしかった。なにやら一人でぶつくさしゃべくっているのだ。少し目つきも暗くなったようにみえる。前はそんな癖のある奴ではなかった。高校に入ってから、徐々に独り言をいう傾向が強くなっていった。

だけど今の僕には弐郎を気にしている余裕はない。僕の方は完全に追いつめられているのだ。いや、最早なにもかも手遅れなのかもしれない。だとしたら、僕は今後まともに生きていける自信がなかった。何度も堂々巡りをしながら、頭を押さえてうめき声をあげていた。

一週間苦しみ続けた僕は、一つの結論に達した。紀乃がなにを怒っているのか聞いてみて、なにをいわれてもまず謝ることにしたのだ。

ひたすら話しかけられてストレスがたまっていたのかもしれない。パソコンの話ばかりでうんざりされたのかもしれない。男に馴れ馴れしく話されるのが、はじめから嫌だったのかもしれない。思えば僕なんかにあれだけ優しく接してくれる女の子がいるのは奇跡なのだ。僕はその好意に甘えすぎたのだ。謝らねばならない。何度でも謝るべきである。

僕は紀乃がなんと返事をするかあらゆる想像をしながら、いくらか目に痛みを感じつつ天井をみつめていた。

眠れない夜を過ごし、そのまま朝になった。今日も僕はバイクでスタンドアップに通所する。不安で緊張して、まるで落ち着かない。

タイムカードを押し、B型の部屋の方をみると、紀乃がパソコンに向かっていた。オーディンが机の下で尻尾をペチペチ振っている。

僕は紀乃の近くに立つと、少し逡巡したが、勇気を持って声をかけた。

「紀乃さん、話があるんです」

紀乃は少し表情を曇らせたが、反応してくれない。相変わらず無視されている。

「お願いです。返事をしてください。僕が嫌われているのはわかってます。だけど理由がわからなきゃ謝りようがないんです」

必死で声をかけた。ここで返事をもらえなければもうなにもかもがおしまいな気がした。

「伊知郎さん。なにいってるんですか？　私、別になにも感じてません。わからない話をされても困ります」

その返事はあまりにも冷淡で、感情がこもっていなかった。紀乃がこんな返事をしていること自体、悪夢としか思えなかった。

「そんな意地悪をしないでください。そんな嘘がわからないとでも思うんですか。一体僕がなにをしたっていうんです、それがわからなきゃ僕はどうしたらいいか……」

紀乃がキッと顔の向きを変えずに睨みつけてきた。その強い敵意のこもった目を直視していたら、まともに立っていられなかっただろう。紀乃がそんな目をするとは信じられなかった。

「意地悪をしてるのは……伊知郎さんの方じゃないですか！」

怒気を帯びた紀乃の言葉には並々ならぬ感情がこもっていた。僕はその言葉に気圧され、なにをいえばいいのかわからなくなってしまった。

周りの利用者も異変に気づき、僕ら二人のことを眺めている。視線がぐさぐさと体中に突き刺さるようだった。

「あなたは……いつもいつも自分の自慢ばかり。私の行けないアビリンピックの話や、仕事の話を聞かされて、私がどんな気持ちだったかわかりますか？　私だって……もっと頑張って仕事をしたい！　全国大会に行きたかった！」

紀乃は周囲を気にすることなく黒い睫《まつげ》を濡らして激しく泣き出していた。完全に加害者になってしまった僕は彼女になにもすることができなかった。

「私、帰ります！　もう、こんな人と一緒にいるなんて無理です！　こんなところにいたくない！　この施設辞めます！」

紀乃は赤く腫らした大きな目から涙を流し、悲鳴に似た声をあげた。オーディンを立たせると、そのまま席を立って入り口の方へ歩き出した。本気で帰ってしまうつもりらしい。

「もうやだ！　二度と来ません！　さようなら！」

小森と藤野が紀乃を止めようとしていたが、その手を振り払って紀乃はどんどん先へ行ってしまう。

駄目だ！　このままでは紀乃と会えなくなってしまうかもしれない。ここで帰らせたら絶対に駄目だ！　三元が紀乃になにかいっているが紀乃は歩みを止めようとしない。

「紀乃さん！　待ってください！　待って……」

僕は紀乃を止めるため走り出そうとした。紀乃に追いつくのはそう難しくないはずだったが、突然誰かから腕を摑まれた。

「やめなさい伊知郎さん。見苦しいですよ」

誰だと思い振り向いた先に立っていたのは、白髪の中年、池丸博之だった。今までほとんど口を閉ざしていた彼が、どういうわけかこの期に及んで僕の邪魔をしていたのだ。

「な、なにをする！」

僕は池丸に抵抗しようとしたが、もう紀乃はスタンドアップを出て帰り道を歩いていってしまっている。今からでも止めに行きたいが、どういうわけか池丸が僕を放さなかった。

「おい池丸さん！　放せ！　放せよ！」

そういったとき、池丸は急に僕の腕を放した。僕はバランスを崩しその場に転倒する。

「いい気味ですね」

池丸は僕を上から見下ろし、眉を上げて笑っていた。

「どうしてこんなことを……」

僕が絞り出すような声でいうと、池丸はおかしそうに顔を歪め、鼻で笑った。

「あなた、いつも僕たちのこと馬鹿にしてるでしょ？　自分がなんでもできるからって、自分よりできない僕たちを見下してるんでしょ？　あなたの一言一句からそれが透けてみえるんです。こんなこともできないの？　レベル低いなってね。ずっと腹が立ってたんですよ」

池丸にこれだけの思いと言葉があったことに驚かされた。一瞬なにをいわれているのかわからなかったが、いわれていることを受け止めてみればほとんどが図星だった。僕は悪意がなかったにしろ、それに近いことを考えたことがあった。

だけどそれでもまとめ役として、皆に丁寧に教えていたのに。時には気を使って下手に出たこともあったのに、そんなにまでいわれてしまうのか。僕はそこまで嫌な奴だったのか。他の利用者も僕を哀れみの目でみるばかりで、弁護してくれるわけではない。

「村中さんに自分のアピールばかりして、あの娘の気持ちも考えずに……ずっと傷つけていたことも、もうわかったでしょう？　まあ、やっぱりこうなりますよね。ハハハッ」

自分のやってきたこと全てを否定された思いだった。なにも言い返すことができなかった。現に紀乃にはこの上なく嫌われ、もう自己嫌悪というレベルの問題ではなくなった。なにもかもが、終わってしまったという途方もない空白感ばかりが僕の心を埋め尽くしていた。僕は茫然と、その場にへたりこむばかりだった。

「おい池丸。このクソ爺。てめえさっきからいい気になって好き放題いいやがって」

顔を上げると、理吉が池丸の前に立って睨んでいた。意外な展開だった。

「なんですか？　なんなんですかあなたは？　関係ない癖にしゃしゃりでてこないでくださいよ！」

池丸は目を見開いて理吉を怒鳴りつける。理吉は引き下がらない。

「こいつがあの娘を好きだったことくらい知ってんだろうが？　それなのにてめえは火事場泥棒みたいに大声出して、こいつの傷を広げて笑ってるだけじゃねえか！　調子乗ってるとぶっ殺すぞ」

「ああ殺せるもんなら殺してみてくださいよ！　やれるものならねえ！」

そのとき異変を注視していた支援員たちが止めに入った。スタンドアップはじまって以来の大惨事はこれで幕を閉じた。

人生最悪の日だったかもしれない。思い人に嫌われ、今までの自分を完全に否定された。僕は全てにおいて、敗北したのだ。

この日を境に、紀乃はスタンドアップに来なくなった。


紀乃がスタンドアップに来なくなってから、僕は日に日に施設に居づらくなり、足が遠のき、結局家に引きこもるようになってしまった。

親父が何度も様子を見に来たが、なにも話さなかったし、声をかけてもこなかった。今の僕にはなにもない。完全に腑抜けになっている。

アビリンピックのための勉強も全くやらなくなった。全国大会出場、そして優勝。自分の中での大きな目標だったはずなのに、今ではなんの魅力も感じなかった。

いや、自分でそれを壊したのだ。

元々、僕は紀乃のためにアビリンピックの勉強をしていたわけではなかった。自分なりに人生をよくしていこうとして、将来に繋げるため頑張っていた。だけどいつしか、夢と紀乃の存在が重なるようになっていた。

僕は紀乃に褒めてもらいたかった。一緒に話して、応援してもらって、人生を戦うのが楽しかった。

だけどそれは全部自分のことばかりで、彼女の気持ちをまるで無視していた。結果は最低最悪。愚かな自分が悔やまれる。

僕は窓から延々と山々を眺めていた。道路を行く車を目で追っていた。

どうしようもなく気持ちが沈んでいるときは布団にくるまって、ひたすら目をつむっていた。まるでなにかが溜まるのを待っているように。

もしかしたら、なにかは溜まったのかもしれない。ひきこもり始めて二週間。中河からデイケアに顔をみせるようにいわれ、僕は久しぶりに外にでることにしたのだ。

髪を洗い、伸びた髭を剃り、体を洗った。どれだけ最悪な状況でも、入浴することは心にいい。少しは爽やかな気分になる。

今は平日の十一時。春と夏の境目で大気も暖かくなっている。僕はバイクに乗ると、病院に向けて走り出した。

いつものように国道を走り、街を抜けていく。スピードはそんなに出さない。事故を起こすのがいつも怖い。今のところ無事故で通しているのはこの臆病さのおかげかもしれない。

病院に着き、デイケアセンターに入ると、何人か知らない利用者が中にいるのをみかけた。僕がここに通わなくなって半年が経つ。人が入れ替わることはあるだろう。

スタッフルームから中河も顔を出してくる。彼女は前と変わらず笑顔を全く崩さない。

「伊知郎さん、お久しぶりです。なんだか今にも死にそうな顔をなされていますが……」

中河がよくみているのか、僕があまりに生気のない顔をしているのか。全くその通りだった。

「はい、できれば話を聞いてもらいたくて」

中河は小さく頷くと「相談室に行きましょうか」と提案してくれた。僕もゆっくりと、他の人がみていない場所で話したいと思っていた。

相談室に入ると、僕は中河を前にしてなにから話せばいいか迷ったが、アビリンピックで今まで頑張っていたこと。そこで紀乃という少女と出会い、スタンドアップで同じ利用者として参加したこと、彼女と仲良く話してずっと楽しかったこと、そして彼女に自分の夢を押しつけて嫌われてしまったことを、一気に全部話してしまった。

「伊知郎さん、さぞかし辛かったでしょうね」

中河は笑顔を止め、真っ直ぐ僕の目をみて口を開いた。

「確かに知らず知らずのうちに相手を傷つけてしまうことはよくあることです。だけど伊知郎さんは決して悪気があったわけじゃないと思うんです。紀乃さんのことが好きで、なんとか話題を探して話を続けたかったんですよね」

中河が労るように丁寧な口調で僕に語りかける。この人はずっと僕を肯定する立場でいてくれた。だけど今は、なぜだか胸が痛かった。

「伊知郎さんが真剣に紀乃さんと接していたことはきっと伝わっていると思います。だからきっといつかまた、仲直りできる機会はありますよ。それに――」

「違うんですよ」

僕は中河の言葉をさえぎった。中河は僕の目を穏やかな目でみつめている。

「僕はね……馬鹿にしていたんですよ。その娘のことを。みんなのことも」

鈍い僕も、ようやく気づくことができた。同じように障害を持っている人たちをどれだけ見下していたかということを。

「僕が、彼女のことをなんて考えていたと思います？　この娘は目が見えないから、僕がどんな顔をしていてもわからないだろうって高を括ってたんです。目が見えないから仕事ができないのはしょうがないって。本気で思ってたんです……馬鹿ですよね。向こうは心の目で、しっかり僕の醜さをみていたっていうのに。一生懸命頑張って、仕事をしようとしていたのに……」

それに、僕はあの娘をホームページのアクセシビリティチェックに利用しようとしていたのだ。何故自分の傲慢さに気づかなかったのだろう。

「伊知郎さん！　それは違いますよ」

中河はまた僕を肯定しようと言葉をかけてくれる。しかし僕はそれもさえぎった。

「僕は……彼女が好きでした。だけど一度嫌われてしまえば人と人の縁なんて終わってしまうものです。僕はもう、彼女になにもいえやしないんです。みんなにだって、悪いことをしてしまった……」

しばらく中河は考え込んでいたが、小さく頷くとまた口を開いた。

「伊知郎さん、そんなに苦しまないでください」

中河は優しく僕を労り、さらに言葉を続けた。

「今までの話を聞いていて、私は伊知郎さんがなにを考えていようが、相手を傷つけようとはしなかったように思います。私だって、相手の障害をみて、先入観でよくないことを考えてしまうことはありますよ」

中河はいつもの笑顔に戻り話を続ける。中河のような人でも、相手の障害に偏見を持つこともあるのだろうか。

「私は伊知郎さんが相手を傷つけまいと、思ったことを口に出さない考えがあったように思うんです。今だって自分の間違いに気づいて、真剣に悩んでいるじゃないですか。それで十分です。はじめからなにも間違いがなかったら人間じゃなくて神様になってしまいますよ」

中河の言葉はいつも僕の上をいっている。僕は真摯な言葉に泣き出しそうだったが、泣いてはいけないと思った。震えながら下を向き、手で顔を押さえるばかりだった。

僕は……やり直せるだろうか。立ち直れるのだろうか。

指の合間からみえる中河の顔は、神様のような笑顔をしていた。

中河と話してから週が明けた月曜日。僕はスタンドアップに復帰した。小森が「帰ってきたね」と優しく迎えてくれた。藤野も三元も笑顔だった。

理吉が「戻ってきやがったな」と背中をパンッと叩いてきた。利用者の皆も意外なほどに声をかけてくれた。池丸は前のように無口な人に戻っていた。特に戻るにあたって障害になるようなことはなにもなかった。

戻った先から、いろいろとパソコンについての質問を受けた。僕は前よりも相手のやりやすさを考えながら、丁寧に答えるよう心がけた。実際その方が相手の理解も早く、僕自身も気分がよかった。

こうしてスタンドアップに通う日々が戻ってきた。ただ、そこに紀乃がいない。

僕自身にも大きな変化があった。毎日仕事をして、家に戻るが、前のようにパソコンの勉強をしなくなった。

アビリンピック全国大会に出場するという夢も、曖昧な物になってきた。どうしても紀乃を傷つけた夢に向かっていく力が出なかったのだ。

日々は過ぎていき、六月になった。全国大会まで半年を切っている。たまに公式サイトをチェックすることはあるが、やはり勉強はしていない。

横の席で理吉が絵を描いていた。必死で描いているのが実ってか、最近デッサンが整ってきている。確実に画力があがっているのだ。

こいつは、どうしてこんなにも夢に対してひたむきなのだろう。自分の進む道に疑問を抱くことはないのだろうか。

「なあ理吉、絵を描いてて楽しいか？」

理吉が妙なことをいいやがるな、とでもいいたげに眉間に皺を寄せて僕に目を向ける。

「愚問だね、俺にとってはそれが生きるってことだもの」

迷いもなくいった。凄い覚悟だと感じた。

「でもさ、お前はそれを仕事にしていこうとしているだろう。もしその夢が叶わなかったときのこととか、考えたりしないのか？」

理吉が「はあ？」といって顔をしかめている。少し勢いで聞きたいことを遠慮なくしゃべってしまったかもしれない。

「悪気でいってるわけじゃないんだ……ただ、僕は不安なんだ。先のことがいろいろと。今だって同級生と大きな差がついてしまったし、この先、本当に希望があるのかなにもわからないんだ」

それを聞いた理吉はため息をついて軽く頭を振った。

「あのな、お前はなにか勘違いしてるみてーだけど、先のことなんてなにもわからねえの。わかるっていう奴はみんな詐欺師だよ。勝ったただの負けただの、そんなのも死ぬまでわからねえんだよ。だって同い年の連中が勝ち組気取ってたらむかつくだろ？　なに余裕かましてんだって。お前のいう差もその程度のものなんじゃねえの？」

全くの正論だった。自分の甘さを突きつけられているようだった。

最初、僕は理吉のことを少し馬鹿にしていた節があった。だけど、本当は僕なんかよりずっと真剣に物事を考えているのではないか。

「お前最近、アビリンピック？　の勉強してないけど、やりたいことなら、やれるときにやっておかないと後悔するよ。余計なお節介だけどな」

確かに、その通りだ。大会で勝ってなにがあるのか、本当のところはわからない。だけど、パソコンの勉強をしているときに、凄く前向きで、力強い気分になったではないか。それだけでも僕にとっていいことではなかったのか。

仕事が終わった後、バイクでの帰宅途中も、理吉からの言葉が頭に残っていた。そしてこれからの自分に思いを巡らせていた。どこへ行くのか。どう生きていくのか。

家に戻ると、弐郎が壁の前に立っていた。すぐには気づかなかったが、どうも様子がおかしかった。なにやらぶつくさ壁に向かって独り言をいっているのだ。それに目つきが以前とは全く違った。

「おい……どうした弐郎？」

ここ数ヶ月、まるで会話のない弟だったが、弐郎はびくっとして振り向くと、憎悪に満ちた目で僕を睨んできたので少し後ずさってしまった。

「うるせえんだよクソ野郎！　気持ち悪い目でみてんじゃねえよぉ！」

そう吐き捨てると弐郎は荒い呼吸で走り出し、家に入ってしまった。

なんだ？　一体あいつどうしてしまったんだ？

僕はなにがなんだかわからなかった。しばらく見ぬ間に弐郎は大分変わってしまったようだった。

なんだか、とてつもなく嫌な予感がした。

第四章　人を狂わせるまで追い込んだお前らに未来なんてないからな

いろいろなことが上手くいっていた。血は争える、克服できる、と信じていた。グズの兄貴は未だに就職もせずに、ろくでもない生活をしている。あんな人間になるくらいなら死んだ方がマシだと思う。

俺はそうならないために、ずっと頑張ってきた。テニスを続け、勉強にも励んだ。みるみる自分の成績があがっていくのは気分が良いものだった。遊びは程々にして、やることをやっていれば学校の勉強なんて大して難しいものではない。クズの兄貴はその程度のこともできなかった。だから頭もおかしくなるし、大学を中退し、家にさんざん迷惑をかけるのだ。あんな奴、俺は絶対に許さない。

俺はこの春、上坂高校に進学することになっていた。成績優秀で、テニス部長をやっていた俺は面接で大変ウケがよく、いとも簡単に推薦入学が決まってしまった。

テニス部の友人の津野と川口もこの学校に受験することになっていた。学力の大したことない二人だが、なんとか頑張って進学してくれるとありがたい。新しい学校に友人がいるといないでは違ってくるはずだ。

俺は入学前から、上坂高校テニス部の練習に参加することになっていた。それだけ期待の選手と思われているのだ。上坂高校はこの辺りの学校にしては設備が整っていて、テニスコートが二面もある。近くにはスポーツ公園があり、下級生はそちらを使うことが多いらしい。

「高井弐郎です！　今日はよろしくお願いします！」

俺は挨拶をすると、早速顧問から練習の手順を聞いた。

「じゃあとりあえずストレッチしたら先輩に交じって練習して」

顧問は覇気のない声でそれだけいうと、コートの横にある椅子に座ってしまった。随分素っ気ない人という印象を持った。そのくらいの方がうるさくいわれなくていいのかもしれない、とプラスに考えた。

ストレッチを終え、フットワークの練習を終えると、早速俺は第二コートに入って打ち始めた。第二コートよりも左側の第一コートの方に上手い人が集まるシステムになっているらしい。第二コートの連中は正直敵ではないなと思った。

テニスというのは基本的に如何に打ち合いで打ち勝つかだと思っている。練習でも意識している。

だから特にフットワークが大事だ。俺は誰よりも判断が速いし、いつも適切な位置を把握してその通りに打つことができた。

トップスピンのかかった球が返ってくる。俺はどんな球が来ても、基本的に打点は同じだ。ここのコートの奴らは打点がバラバラなので下手くそだし、くだらないミスをしていた。これなら第二コートはすぐに卒業してしまいそうだ。俺が入学する頃には三年生になる奴らも交じっていたが、真面目にやっているようにはみえなかった。俺は人知れず鼻で笑った。

遅れてやってきて練習に加わっている背の高い男に見覚えがあった。築山《つきやま》という男で、昔所属していたテニスクラブでみた顔だった。年上で偉ぶっていた割に実力のないカスのような奴だった。大きな体をしている割に顔立ちが小狡そうで、真面目にやるべきところでヘラヘラ笑っているような奴だった。こいつとは関わりたくなかった。

どういうわけか、組み合わせの関係でこいつと試合形式で打ち合うことになってしまった。築山の棒立ちのような構えをみるだけで反吐が出そうだった。

打ち合ってみても、築山はへたくそですぐに失点した。致命的なミスをしているのにみっともなく笑っていた。

少し遊んでやるか、と思った。俺は築山へのサーブを打った後、わざと極端に左右に振ってやった。

築山はコートを走り回り必死な顔をしていた。レシーブをするとき左腕が遊んでいるところをみても、ろくに練習をしてこなかったのがわかる。俺はとどめにロブでやたらと前に出ていた築山の遙か後方に球を落としてやった。俺の圧勝で試合は終わった。

それから、スペアのボトルを取りに一旦コートを離れて部室に向かったとき、築山と目が合った。俺はフッと笑い目をそらし通り過ぎようとした。

突然強烈な拳が背中に入った。俺はとっさのことで反応できず、その場に倒れ込んだ。

「ゲエッ、ゲホッ……」

なにが起こったのかわからなかったが、どうやら築山に背中を殴られたらしい。

「な、なにしやがる……！」

起きあがったときには築山はもういなかった。誰もこの瞬間をみている人もいなかった。

誰もみていないところを、見計らってやったのか……？

練習に戻ると、築山は何事もなかったように練習をしていた。キレのない動き、緊張感のない下品な笑い。

俺はあいつに抗議をしたかった。しかしいってどうする？　築山が素直に罪を認めるとも思えない。もめ事になったら、立場が悪くなるのは後輩の俺の方なのではないか？

なにもなかったことにしようか。それが賢いやり方かもしれない。

俺は築山とあまり関わらないようにすることにした。


あれから上坂高校での練習はなにごともなく終わった。築山のことが気がかりだったが、あれから向こうの方からなにもアクションを起こしてこない。目を合わせても特別反応はない。殴られたのはなにかの間違いだったのか、と思うくらいだった。

三月になる。俺は中学の卒業式に参加していた。

三年間、テニスと勉強に明け暮れた日々だった。なにもかもが満足いくわけではなかったけれど、部員や友人に恵まれ、良い三年間を送ることができたと思う。校長から卒業証書を渡されると、じわりとくるものがあった。

クラスに戻ると、みんな卒業文集の空きスペースにメッセージを書き合って、笑いながらも名残を惜しんでいた。

「結局さ、津野はちゃんとコクったの？」

俺が切なげな顔をしている津野に突っ込みをいれる。津野はある女子に一年間片思いをしていたのだ。しかし津野はもじもじするばかりで「いいんだよ……俺は」と情けない声を出すばかりだった。

「お前さあ。今日で卒業だってのになんてザマだよ。まるで汚れたジャガイモのような顔をしてるぜ」

俺は人事だと思って津野を遠慮なくからかった。

「うるせえよジロちゃん、お前いつも俺のことジャガイモ呼ばわりしてんだろ」

「ジャガイモはどうでもいいからとにかくコクれよ」

「なんでそうなるんだよ！」

「別々の学校に行っちまうんだからもういいだろ、いっちゃえよ津野！」

彼女などできそうにない長芋のような顔をした川口が津野を囃《はや》す。津野は顔を赤らめるばかりでなにもいわない。

どうせ告白などしないのだろう、と俺は確信していた。津野をみている限り、恋をして女の子と付き合いたいというより、恋をしている自分を楽しみたい感じが強い気がしていたのだ。実際津野が本気で行動したのをみたことがない。

そんな津野と、川口も無事受験に成功し、一緒に高校に行けることになった。後輩たちもみんな喜んで送り出してくれた。

「先輩。てっぺん取ってくださいよ」

二年のエースがガッツポーズをしながらいう。半分は冗談でいっているのだろうが、俺は二ッと笑って高校での成功を誓った。

ただ、俺は気になったことがあった。母校を後にするとき、何度かテニスを教えてやった背の高い素朴な顔をした女子が、じっと俺のことをみつめていたのだ。

おとなしい女の子だったが、この日は眼差しがまるで違っていた。

あれは俺になにかいいたかったのではないのか。落ち着かない気分になったが、結局なにも起こらず、俺も気づかないフリを通してしまった。帰ってから彼女の顔が頭に浮かぶが、もう俺はあの中学に行くことはない。しかし数日間、なにかを置き忘れてしまった思いが離れなかった。

だけどこんなことも、そのうち忘れてしまうのだろう。実際卒業してからも意外と忙しく、日々は進み生活も変わっていった。


四月になった。

今日は高校の入学式である、俺は高校のブレザーを着て、髪型をワックスで整え、鏡に写った自分をみた。

卵形のきれいな顔に、よく開いた二重の目、兄貴と同じ血を分けているとは思えないほど鼻も、唇も整っている。ショートにまとめた髪型は清潔感に満ちていた。

俺はこんなに美男子だったのか。

中学の時には感じなかった色気が俺の容貌に宿っていた。

上坂高校まではいつも電車で通っている。多少時間はかかるが、中学とは違うという気になってむしろ心地よかった。周りにも俺と同じように通学している生徒を何人もみかけた。中には可愛い顔をした女の子もちらほら見えた。少し長い髪に、茶色がかっていて大きな目がきらきらしていて、笑顔がとてもきれいだった。こんな娘と青春を過ごせたらいいなと思った。

学校では津野と川口と合流した。こいつらはもうセットで考えたほうがいい。

「津野、川口。お前らいつも一緒だけど本当はホモなんじゃないの？」

「冗談きついよジロちゃん」

津野と川口が顔をしかめている。その顔が不細工でおかしいので俺は気分良く笑った。

俺はまず男子を中心に積極的に声をかけていった。気のいい奴が多くてすぐに友達になることができた。その流れで女子とも会話が繋がっていき、自分が好感を持たれていることを確認できた。かっこいい、と俺をみて噂している女子までいた。

「ジロちゃんの顔、女子がみんなみてたぜ」

川口がニタニタ笑いながらいう。

「本当かよ？」

俺は気づいていないフリをした。

「お前もてるよ。なんか顔つき変わったもん」

津野も川口と同様のことをいう。俺はちらりと女子の方をみると、一人の女の子と目が合った。

少し顔が丸めだが、おとなしそうでつぶらな目が宝石のように輝いている。さらりとショートに切りそろえた髪がきれいだった。このクラスの中ではダントツに可愛い娘だった。

彼女は俺と目が合うと頬を赤く染めて、少し目を伏せた。俺も少し顔が紅潮してしまった。楽しい毎日が送れるかもしれない。俺は調子に乗って口笛でも吹きたい気分だった。

それから一ヶ月が経った。クラスでの生活は順調で、すぐに中学の時のように俺は人気者になった。体育では大活躍し、授業の小テストでも高い成績を維持していた。中学の時と比べて女の子からよく声をかけられるようになり、毎日が楽しかった。

テニス部でも日々練習をしていた。第二コートもそろそろ卒業かと思っていた。

「ようジロちゃん、調子良さそうだな」

部室に行こうとすると、津野と川口が声をかけてきた。彼らは実力に乏しいので学校のコートに入れず、スポーツ公園まで行って練習をしている。

「ああ、この分だと第一コートまでいけそうだよ」

「すげえなジロちゃん」

「団体戦のレギュラー狙ってるからそれくらいやらないと」

「みてるところが違うね。俺たちもあやかりたいな」

津野が卑屈なことをいう。

「それは練習あるのみだよ。努力しなきゃ報われないさ」

「随分偉そうなことというねえ、自分が高みにいるからってさ」

川口も僻《ひが》んだことをいう。俺はむっとして返答しなかった。なんでこいつらはこんなことをいうのかと不愉快だった。

俺が部室に入ると、中に築山と三年生三人が座っていた。どうも不穏な様子である。俺は怖くなって身構えた。

「よく来たなクソ小僧が」

築山が不敵な顔で俺を睨む。他の三人もニタニタと笑っている。どういうわけだか津野と川口が入ってこなかった。

俺は後ずさり、部室のドアを開けようとした。しかし外から閉められていて開けることができなかった。

「な、なんで開かないんだ！」

「こういうことだよ」

三年生二人が俺に飛びかかってきた。俺は体格の差で抵抗むなしく羽交い締めにされ、口を押さえられた。そしてもう一人が俺のズボンを脱がし始めた。

「むぐううう！」

俺は助けを求めようとしたが、声が出せなかった。

「うお良いねえーっ！」

築山と三年生三人がそういって大げさに笑った。

「やめろ！　やめろー！」

そう叫んだ瞬間、腹に簗山の強烈な蹴りが入った。俺は呼吸困難になり、うめき声も出せなかった。

「殺すぞてめえ、今度声出したら骨折るからな」

「ううう……」

呼吸を落ち着ける間もなく、トランクスも脱がされ、性器が露わになった。

「うおマジ良いねえーっ！」

「キモーッ！　キモッキモッキモーッ！」

「本当オモシレーこいつの顔のリアクション最高！」

なんだ。こいつら人を裸にしてなにを楽しんでいるというんだ。そんな奴らがテニスをやっているのか。

「なんで、なんでこんなことをする？」

俺は簗山を睨みつけた。すると簗山は俺の耳を摑んで乱暴に引っ張った。痛みで顔を歪めると、簗山が「お前のことが昔から気に入らねえんだよ。ちょっとくらいテニスが上手いからって図に乗りやがって。お前、練習試合の時、完全に俺のこと馬鹿にしてただろ？」と吐き捨てた。

なんてことだ。少し遊んでやろうと思って恨みを買ってしまったのだ。

「あとな、この部にお前の味方誰もいないから、お前俺たちの生け贄だから。まともにテニスできると思うなよ？」

「なんだと……」

そのとき三年生の一人が鉛筆で俺の下半身を突いてきた。やめろといっても抵抗することができなかった。

「小っちゃーい！　これ小さすぎじゃね？」

「汚ねー！　この鉛筆もう使えないじゃん」

自分の性器のことを馬鹿にされ俺は顔が赤くなった。四人に良いようにされプライドをズタズタに傷つけられた。しかし辱められるだけでは終わらなかった。

築山はデジタルカメラを構え、俺の半裸写真をあらゆる角度からとり始めた。

「わあああやめろ！　撮るな！」

「うるせえんだよ！」

俺は築山に髪を乱暴に引っ張られ悲鳴をあげてしまった。築山はヒヒヒと笑っている。

「おい次、後ろだ」

二人に押さえつけられると、次は尻の写真を撮られていることがわかった。俺は恐怖のあまり涙が出てきた。

「顔も撮れ。うわ超キモい顔してる」

「マジうける。超面白いわこいつ」

「もっと鉛筆もってこい、尻に詰め込もうぜ」

「やめろ！　頼むからやめてくれー！」

それからどれくらいの時間が経っただろう。俺はされる限りの辱めを受けた。これはリンチである。

津野と川口はなにをしているんだ。これじゃあ見殺しじゃないか。俺は頭が真っ白になり、なにも考えられなかった。

「おいキモ男これみてみろよ」

築山に顔を起こされると、デジタルカメラに俺の下半身を撮った写真が沢山写されていた。

俺は悔しさと恥ずかしさのあまり目をそらした。

「お前、このこと誰かにしゃべったらこの写真学校とネットにばらまくから」

築山がとんでもないことを言い出した。インターネットの怖さは知っている。一度画像が広まれば簡単にデータを消すことはできない。

「そ、そんなことできるわけないだろ」

「なにいってんの？　できるよ。いっとくけどお前にわかるようになんてやらないよ？　上手く使わせてもらうから。とりあえず、サイト作って公開するわ」

築山は冷淡にカメラの画面をみながらいう。俺の写真を吟味しているようだった。

「や、やめてくれ。それだけは……」

俺は情けない声を出してしまった。すぐに築山が俺の鼻を指で挟んだ。

「ああああっ」

「やめてくれじゃねえだろ、やめてくださいだろ？　とりあえず十万円な、明日持ってこいよ。持ってこなかったら一枚ずつネットに流すから。あとお前のクラスにもな」

俺は青ざめて、涙ぐみながら簗山の顔を見上げていた。他の三人の三年生がせせら笑っている。

「おもしれー！　超おもしれー！」

「マジキモイ最低男だわ」

簗山と三人が高笑いしながら部室を出ていった。俺はそれからしばらくして、ボロボロになりながら一人下校した。

誰かが笑っている気がした。周りを見回すと何人かの生徒が歩いていた。

まさかあいつら俺のことを笑ったんじゃないのか。

次の日、俺はテニス部の朝練に参加しなかった。簗山と顔を合わせたくなかったからだ。これからあいつにどんなことをされるかと思うと怖くて仕方がなかった。

俺は朝礼の後に、津野と川口に詰め寄った。あいつらはあのとき部室の前にいた。異常に気づいていたはずだ。

「知ってたよ。ドア閉めて見張ってたの俺たちだもん」

津野と川口が信じられないことを言い出した。二人とも俺を見下すようにヘラヘラ笑っている。

「な、なんでだよ。俺たち友達だろ、なんでそんなことするんだよ」

津野と川口は噴き出して、おかしそうに笑っている。

「なに笑ってんだよ！」

俺が怒鳴りつけると、二人はやれやれといった風に両手を広げた。

「いや、俺たちお前のこと友達だなんて思ってないもん。だってお前めちゃくちゃ嫌な奴でしょ？　いつも偉そうに自分の話ばっかしてさ」

津野が眉をあげながら笑っていう。

「俺たちのこと見下してるのみえみえなんだよ。調子に乗りやがって」

川口も不敵に笑い、俺を睨みつけてくる。俺は寒くもないのに体が震え、この場から逃げ出したい気分だった。

「それよりお前やばいよ？　もう終わりだよ？　学校辞めた方がいいんじゃない？」

「俺たちもその方がすっきりするんだけどなー」

津野と川口が顔を見合わせながら笑っていた。俺はそれ以上なにもいえなかった。

それからは津野と川口が俺を築山のところまで連れていく役になった。津野と川口が空いている部室まで俺を連行し、その場で築山たちにリンチされる流れになった。

「てめえ十万持ってこいっつったろ？」

また腹を蹴りとばされた。持ってきた一万二千円をむしりとられる。このお金の中には兄貴がスタンドアップという施設で稼いできた工賃も入っていた。今年の始めに奪い取ったものだが、どうも使う気になれなかった。それもこうして奪われてしまった。

「罰を与えないとな。お前の写真、少しずつばらまいてくから」

築山たちはそういって馬鹿笑いをしながら去っていった。

このまま情報が公開されて、築山の仲間たちが俺のことをネタに散々盛り上がるのだろうか。それがどんどん広がって、取り返しのつかないことに……。

もしかしたら、俺のクラスにも知っている奴がいるんじゃないか？　あいつは確かにそんなようなことをいっていた。

俺には逃げ場がどこにもないじゃないか。

それから俺はテニス部に足が向かなくなった。髪を整えることもやめ、朝起きたままの髪型で登校するようになった。授業中も休み時間もひたすらクラスの隅で縮こまるようになり、毎日が怖くて仕方がなかった。

「きもいよねあの人ー」

「なんか急に暗くなったっていうか」

「そうそう、でも最初からしゃべり方もおかしかったよねえ？」

間違いなく、クラスの女子たちが俺の悪口をいっている。俺が今弱っているから、かっこ悪い思いをしているから容赦なく攻撃してくるのだ。悔しくてたまらなかった。

「あれじゃ友達もできないよねえ」

「なんかかわいそうになってきた」

「哀れだよねえ」

うるさい、うるさい、うるさい……声をやめろおおおお！

「うるせえんだよてめえら！　俺の悪口ばっかいいやがって！」

思わず女子たちを怒鳴りつけた。場が凍り付いていた。俺が気になっていた丸顔の女の子までが俺を醜いものをみるような冷たい目をしていた。

「なにいってんのあの人？」

「誰もお前の話なんてしてねえし」

「ちょっとやばいよねあの目、怖いんだけど」

気のせい、だったのか。俺は皆の刺すような視線を感じながら、机に体を伏せ、自分のやったことに震えていた。

どう考えても理にかなっていない、と思った。俺は実力のある、人気者じゃなかったのか。いじめられるならむしろ津野や川口の方が適任じゃないのか。あんな弱くて自主性もない格下の奴らがなんで俺を笑って見下して悦に入っているんだ。おかしいだろ！

しばらくするとまた女子が俺の悪口をいっているのが聞こえてきた。

「なんかあっちの方が本当の姿だったんじゃない？」

「そうそうあの写真すごかったよね？」

「大事件だよねえ」

写真だと？　その言葉に俺は確信した。このクラスの築山と繋がりがある奴が俺の写真をクラスに流しているのだ。そうでなければこんなすぐに俺の立場が悪くなるはずがない。

俺は女子たちがスマートフォンを見せあって盛り上がっているのに気づいた。そうだ。きっとLINEというソフトで俺の情報が流されているに違いない。閉鎖的なコミュニティで悪口が増幅されるのは今まで何度もみてきた。

俺は築山に脅された後、毎晩ネット上で俺の写真を探した。俺の名前で検索しても出なかった。いろんな手を尽くしたがみつからない。きっと上手い手を使ってカモフラージュしているのだ。どこかで俺の写真を使って誰かが笑っていると思うと耐えられない。なんとか証拠をみつけて、警察に突き出せないものかと考えていた。

女子のグループが廊下に出ていった。スマートフォンは机に置いたままだ。

あの中に俺の写真が入っていれば、この上ない証拠になる。証拠を摑むことで俺は立場を逆転させることができるに違いない。操作の仕方は津野の持っている奴を使ったことがあるからわかっている。ここは勝負どころだ。俺は周りの目を気にしながら、女子の机に行きスマートフォンを手に取った。

この中だ。LINEを開くんだ。俺はスマートフォンの電源ボタンを押して画面を開いた。

「ううっ！」

なんとスマートフォンにはロックがかかっていて、認証コードを入力しなければ開くことができなかった。これでは証拠を摑むことができない！

「ちょっとなにやってるの！」

気づけば女子のグループが後ろに立っていた。クラス中の生徒が、俺を軽蔑しきった冷めた目で眺めていた。

「信じらんない、あんた何が目的なの？」

「私のスマホ早く返せよてめえ」

「マジきもいんだけど、あの人が何を考えてるのかわからない」

「同じ教室にあんな人がいるなんて最悪ー！」

どうしてこうなってしまったのだろう。俺はただ呆然とクラスメイトの罵声を浴び続けるしかなかった。

その日から、俺はクラス内で得体の知れない最下層の人間というレッテルを貼られ、忌み嫌われるようになった。味方のいないこの学校で、毎日を亡霊のように過ごすしかなかった。

学校で一人机に座っていると、津野と川口がニコニコしながら俺の前にやってきた。顔をあげると、川口が一枚のプリントを突き出してきた。

「ジロちゃん。今度のテニス部の合宿の部屋割り決めといたぜ、俺たちと一緒だから」

俺は部屋割り表を凝視した。三人部屋で、隣の部屋には簗山たちが割り当てられている。

「先輩たちも絶対来いよっていってたから。逃げるなよジロちゃん」

津野が顔を歪めて笑っていた。こんなにも醜くなれる奴だったのか。人間なんてみんなそんなものなのか。

こうして追いつめられていると、ふっと死にたい気分が押し寄せてくる。俺はこんなことを思う人間では決してなかった。こんなにも人間は脆《もろ》い物なのだろうか。

学校から逃げるように下校しようとすると、担任から声をかけられた。

「おい、高井。お前最近様子が変じゃないか。みんなお前のことおかしいっていってるぞ。なにかあったんじゃないのか？」

俺は身構えた。教師にもしこのことを話したら……築山が俺の写真をなにに使うかわかったものではない。それだけは絶対に駄目だ！

「まるで入学の頃とは別人のようだぞ。今日はスクールカウンセラーが来てるから、一回話をしてみろよ？」

スクールカウンセラーというのは非常勤の相談員のことだ。週に一回は来ているらしいが、俺はほとんど顔をみたことがない。

俺は教師を信用しない。中学でもなんの役にも立たなかった。俺たち子供の事情を、教師やスクールカウンセラーになにができるものか！　百害あって一利なしだ！

「なにもありません！　さようなら！」

「おい！　高井！」

俺は駆け足で下校した。みんなが俺をみている気がする。

家に帰ると壁から声が聞こえてきた。こんなところから聞こえるのはどう考えてもおかしい。壁の中になにか声がするものが入っているのかもしれなかった。俺はなんとか調べようとしたが、クズの兄貴が邪魔してきやがったから怒鳴りつけてやった。俺は部屋に戻るしかなかった。

その日は一睡もできなかった。次の日、俺はただ苦しむため、いつものように通学のため電車に乗っていた。

俺はあらゆる意味で追いつめられているのを感じていた。どこにいても、家にいても誰かが自分のことを馬鹿にしているようだった。その全員が写真についても知っている。

築山はどれだけ手回しがいいのだろう。俺は恐ろしかった。大変な男を敵に回してしまったと後悔していた。通学途中の電車でもどこかに同級生たちが沢山いて、連携をとりながら俺に悪さをしているのだと確信していた。

どこを見渡しても一目ではわからない。隠れて、確実に俺にダメージを与える。それをみんなで楽しんでいるのだ。

「お前らふざけんな人を馬鹿にしてわかってんだよお前ら築山にふきこまれて俺の嫌がらせしてんだろ舐めやがって写真のことまで知ってるのかこの野郎どこまで人を追いつめたら気が済むんだ鬼かお前らに殺されるくらいならこっちから殺しにいってやるからな俺を見くびるなよとにかく声をやめろやめろやめろやめろやめろ」

気づけば前に座っていた女子生徒が俺をみながら恐怖でガタガタと震えていた。

俺は、いつの間に独り言をいっていたのか。

この怖がりよう。まるで化け物をみるような目じゃないか。俺は自分がとてつもなく恐ろしい存在になってしまったのかと恐ろしくなった。

それからも俺を馬鹿にしてくる声は一向に止まなかった。いちいちそれに反応しているうちに、いつしかどこにいても声を出さずにはいられなくなってしまった。我慢しようとすると息が詰まり、頭に血が上った。電車の中は地獄だった。

電車から出ても声は止まなかった。駅構内に反響して耳に伝わってきた。四方八方から責められているようだった。

「どれだけの人間が俺を攻撃してるんだ」とつぶやくと「お前の周りだけだよ」と男の冷たい声が聞こえてきた。

どこだ。どこのどいつだ。俺は周りを見回したが通りがかりの生徒が不審な顔をしただけだった。

確実に敵を倒していかねばならない。そうじゃなければどこにいても俺は責められる。このまま苦痛がたまっていけば殺されてしまう。生きるために俺は戦わねばならない。なんとしてでも先に相手を殺さねばならない。

学校に行くといよいよ敵が多かった。どこからいわれているかはわからないが確実に責められていた。大丈夫だ。俺の脳は鉄でできている。声ごときで壊されはしない。自分に言い聞かせた。

戦わねばならない。戦わねばならない!

教室に入ると津野と川口が談笑していた。

こいつらだけは許さない。絶対に殺してやる。

「おらあああああああああ！」

俺は力を込めた一撃を川口にぶちかました。川口は後ろに吹っ飛び、津野は腰を抜かしていた。

「ジ、ジロちゃん。なんのつもりだよ」

「お前らなんかに！　お前らなんかに俺は殺されねえぞ！　俺は強いんだ。一人や二人くらい簡単に殺してやる！」

女子が金切り声をあげている。俺は川口の腹を蹴りとばすと、逃げようとしている津野を睨んだ。

「逃げる気か！　陰でこそこそ人を追いつめる卑怯者め！　絶対に逃がさねえぞ！」

俺は川口の椅子を持ち上げると、逃げる津野を追いかけた。

「ジロちゃん！　許してくれ！　全部俺たちが悪かったんだ！」

「うるせえ！　今だって俺を殺そうと責め続けている癖に！　往生際が悪いんだよ！　それとも他の奴らも連れてくる気か！　だったら一人残らず殺してやる！」

「誰か！　誰かこいつを止めてくれええええ！」

津野が脅えきった目で命乞いをしてくる。そうだ。その目だ。それがお前の正しい姿だ。

津野に椅子をぶつけてやろうとしたその時、誰かが俺に声をかけてきた気がした。

「てめえ、そこか！　そこにいるのかあ！」

俺は窓に向かって怒鳴りつけ、椅子を投げつけた。強烈な破砕音と共にガラスが割れ、破片が椅子ごと外に飛び散っていった。

俺は自分の頭が熱くなっているのがわかった。怯える周囲の生徒たちを睨み回し、頭を押さえ絶叫した。

俺は負けない、俺は負けない……。


俺は群がる敵に対して必死に抵抗し、決して屈服しなかった。しかし、どうにかされて意識を失った俺は、目覚めた瞬間知らない場所に連れていかれていた。

俺はすぐに閉じこめられているという理解が正しいことに気づいた。出口は堅く錠がされていて、脱出することはかなわない。

俺は自分になにが起こったのか思い出していた。

あれから多くの人に押さえつけられて、救急車に連れ込まれて、注射を打たれて、目をつむって……。

それから長いこと一人でこの部屋にいた。全てを理解するのにそれほど多くの時間は必要なかった。

ここは精神科の隔離室だ。俺は病人扱いされ、強制的に入院させられたのだ。

なんで俺がこんな目に！　納得がいかなかった。どう考えても悪いのは築山とその一味で、裏切り者の津野や川口のはずだろう。なんで俺ばかりがこんな酷い目に遭わされなければならないんだ！

「ついに病院に入れられちまったぞ？」

「違和感ないもんねー」

ここにいてもまだ声が聞こえるのか。俺は空恐ろしさを感じた。奴らは俺が墜ちていくのを笑って楽しんでいるのだ。ふざけやがって。

「てめえらどこまで俺を追いつめる気だ！　お前らみつけたらその場で殺してやるからな！　安全なところにいられると思うなよ！」

どこから来ているのか定かでない声の主に対して怒鳴りつけ、壁をガンガンと三回蹴った。

「ちょっと高井さん大丈夫？」

隔離室の外から誰かの声が聞こえた。看護師だろうか。俺は自分の狂態に気づき、恐ろしい気分になった。

「ご、ごめんなさい……」

「もうすぐ食事と薬持ってくるからもう少し我慢してね」

「食事……薬？」

俺は薬の副作用で苦しむ兄の姿が思い浮かんだ。体が震えたり歩き方がおかしくなったり、俺もあんなものを飲まされるというのか。

「幻聴を抑える薬だから飲まないとダメだよ」

「そんなもの必要ありません。俺は嫌がらせを受けたからまいっているだけなんです。幻聴なんてなにもありません」

「それは困るなあ、そんなことといってるとここから出られないよ」

くすんだ壁と粗末なトイレしかないこの場所から出られない？　それはどういう脅迫だ。

そして看護師が鍵を開けて食事と薬を持ってきた。

焼きそばとフルーツポンチ。そして白や橙色に彩られた薬が五錠。

看護師はちゃんと飲むようにと念を押して出ていった。

薬。こんなもの捨ててしまいたかったが、それをやるとここから出してもらえないのかもしれない。

焼きそば。色が薄くて如何にも不味そうだった。そもそも俺はあまり焼きそばを好んで食べたことがなかった。

それでもこんななにもないところで他にやることはなにもなかった。涙ぐみ、仕方なく焼きそばを食べだした。

焼きそばは旨かった。しかも量が沢山あるからいくら食べても減る気がしなかった。このまま永遠に焼きそばを食べて人生を終えるのだと錯覚した。

食事を終えると、次は薬だった。カラフルな薬が何錠も袋に入っている。

こんなもの飲みたくない。兄と同じ道はたどりたくない。俺は本当のところ選択肢など一つしかないのがわかっていた。それでも嫌なものは嫌だった。

俺は薬を口に入れ、水と一緒にごくんと飲み込んだ。運命に流されるまま、己の不幸を呪った。

それからしばらくして、俺は「声」が聞こえなくなっている自分に気づいた。なんだ。薬が効いたとでもいうのか。俺はやっぱり病気なのか。でも病気っていうけど、どこからどこまでが真実でどこから病気になったんだ？

わからない。俺がどうしてしまったのかわからない。俺は布団を被り、身を縮こませて眠りについた。

目を覚ますと、隔離室は明るくなっていた。夜は暗い明かりになるので、今は朝か昼ということだ。

尿がたまっている。俺は粗末なトイレの前に立って用をたそうとした。

出ない。

いくら力を出しても尿が出ない。

まるで蓋でもされているように出ない。

息が荒くなる、痛みとも違う逼迫感《ひっぱくかん》。こんなの拷問だ。耐えられない。これ以上は耐えられない！

「うわああああああああああ助けてくれええええええええ！　看護師さん小便が出ないんです来てください！　あああああああああああ！」

俺はナースコールを連発した。看護師が来るまでの時間、もがき苦しみトイレにしがみついていた。

「高井さん！　大丈夫？」

「あああ、おかしいんです。小便が突然でなくなったんです。なんででしょう。トイレが悪いせいでしょうか……」

「ああ尿道がふさがってるんだ。薬の副作用だね」

副作用。やっぱり薬のせいだったのかと俺は悔しくなった。飲みたくなんてなかったのに、我慢して飲んだらこれである。

「尿道を開く薬持ってくるから待ってて、それでもダメなら尿道に管を通すしかないかな」

「尿道に……管？」

それはもう老人にするような処置ではないか。俺は自分の体に管が通る姿を想像し、絶句した。

しかし今も尿は出ないままたまっていて、薬でダメならそうしてもらいたかった。もうこの苦しみから解放されるのなら管でもなんでも通してほしかった。

そして看護師が一錠の薬を持ってきた。

「膀胱の収縮を助ける薬なんだけどね、たぶんこれでなんとかなるはず」

すぐに薬を飲んだ。そして十五分我慢して、トイレの前に立った。

ちょぼちょぼ。と尿が出るようになっていた。安堵のあまり、俺は涙を流した。

それから一日が立った。ずっと声は聞こえなくなっていた。だけど絶望的状況には変わりなかった。

「大丈夫ですか？　ここは酷いところですよね」

隣の部屋から声が聞こえてきた。どうも俺に語りかけているようだった。

「あなたも閉じこめられているんですか？」

「はい。もう一ヶ月になります」

一ヶ月も閉じこめられているなんて、本当の話なんだろうか。

「ここにきてから水を飲むくらいしか楽しみがないです。そういえばここの水って富士の名水が使われてるって話ですよ。本当だと思いますか？」

なんとなく彼が閉じこめられる理由がわかった気がした。それ以降彼の呼びかけは無視するようになった。

看護師が食事を持ってくると、俺は箸をとって食べようとした。

箸をコトンと落とした。気づけば手が異常に震えていた。

なんだ。なんだこれは。俺の手がなんでこんなに震えているんだ。

その時、俺は病院から退院してきたばかりの兄貴の姿を思い出した。顔はどことなく不細工になり、なにもせず寝てばかりで、食事をするときは何度も箸を落としていた……。

あんなに嫌がっていた兄と、全く同じ道を俺は辿っている。

こんなはずじゃなかった！　こんなはずじゃなかった！

「いやああああああああああ！」

俺は壁に頭を打ちつけた。何度も、何度も打ちつけた。

「いやだ！　死にたい！　死にたいい！」

「ちょっと高井さんやめなさい！」

看護師がやってきて止めに入った。額から少し血が出ている。

床に押さえつけられると、俺はおんおんと泣き出した。なにもかも思い通りにいかない。積み重ねてきたのになにも実を結ばない。

もうなにもできることなんてありはしない。全ては終わってしまったのだ。

俺は自分の人生に絶望し、どうしたら上手く死ねるかな、と考えていた。

弐郎が入院したと聞いたとき、うちでは母と三津子を交じえ、弐郎について話し合いをする予定だった。しかし僕と三津子が帰ってくる前に学校で事件が起きていた。

最近の弐郎はおかしかった。部屋にこもりきりになり、家族とのコミュニケーションは前にも増してなくなっていた。

病院に呼ばれた母が、弐郎と病院まで付き添った担任から話を聞いていた。話によると、弐郎はここのところ独り言をいうのが多くなっていたらしい。なんの脈絡もなく突然叫び出すこともあったという。やはり現実とは思えないことばかりだった。しかも入院する直前には、椅子を持って友達を追い回し、その後なぜか窓ガラスに投げつけたらしい。

「母さん、本当に弐郎とは会えないのか？」

母は首を振り、病院からとても会える状況じゃないと止められているといった。

「僕はあそこがどれだけ辛いところか知ってるんだよ。三回も入院を経験してる僕だったら少しでもあいつの苦痛を取り除いてやれるかもしれないんだ」

僕はそういいつつ、会うのは無理だろうと感じていた。それに弐郎が自分を拒絶する可能性は十分考えられる。それでも自分の経験が役に立つのであれば、多少時間がたった後だろうが面会に行くべきだと思った。

部屋に戻ると、僕はまた弐郎のことを考えた。

僕のような人間にならないために弐郎は必死だった。それが上手くいって人気者になり、十分な実力も身につけた。上坂高校といったら立派な進学校だ。努力せずになかなか行けるところではない。あいつは頑張った。尊敬しているし、密かに誇りにも思っていた。

そんな順風満帆だった弐郎がどうして独り言をいうようになる？　頭を狂わすほどに追いつめられる？

プレッシャーか？　いやそんなはずはない。そんなにメンタルが弱くて県のベスト8にはなれない。

すると、一番考えられるのは、いじめだろうか。

誰か弐郎を妬む人間が弐郎を迫害した。ありそうな話だった。特に椅子を投げつけようとした友達というのが怪しい。

だけど今の時点では可能性に過ぎないことがわかっていた。もっといえば自分には直接それを確かめる方法もないという諦めもあった。とにかく情報が足りないのだ。

三津子が入ってきた。笑いが絶えない大きな目に今日は憂いが宿っていた。

「聞いたよ伊知郎君。弐郎君のこと」

僕は黙って頷いた。三津子もそっと座布団に座った。

「どうして、こんなことになっちゃったんだろうね」

三津子の質問への答えを僕は持ち合わせていなかった。

「僕は、あいつのことは大丈夫だと思ってた」

いくら憎み合っていても、頑張っている人間を認めないほど僕は狭量ではない。あいつはあんな病気になるような人間ではなかった。

「なにがあいつを追いつめたかはわからない。だけど僕は、そいつを絶対に許さない……」

三津子が不安そうに目を伏せている。

一週間後、弐郎との面会が許され、僕はスタンドアップを早退し、弐郎が入院している病院まで行った。偶然にも僕が通っているのと同じ病院だった。駐車場で家族と合流する。

病院の入り口で弐郎の担任が待っていた。まず彼は僕たちに深く頭を下げる。酷く疲れた顔をしているようにみえた。

僕はこの人に直接問いつめたかった。弐郎がおかしくなった原因はなんなのか。それは誰のせいなのか。

面会前に待合室で待つ時間が長かった。ちらりと天井に目をやると、いつものように薬色の空が青々と広がっていた。心憎いくらい変わらない光景だが、最近あれをみるたびに不思議と落ち着かない。あの淡い青と白に吸い込まれそうな気分になる。

せっかく時間があるので、弐郎の担任に今わかっていることを聞くことにした。

「はい。弐郎君がおかしくなっているという話は最近多くの生徒から報告がありました。ですが、いじめを受けている様子はみられなかったようです」

予想外の回答だった。なにもわかっていないのと大して変わらないではないか。

「ちょっと。それはおかしいんじゃないですか？　だって弐郎はクラスの友達に椅子を投げつけたっていうじゃないですか。彼らはどういう関係だったんです？」

おかしくなったけれど、なにもなかった。で済む話ではない。僕は少し苛立ってきた。

「二人は弐郎君が親しかった友達ですが、今は強いショックを受けて学校を休んでいます。彼らは最近まで弐郎君と一緒に行動していましたが、いじめはしていないといっています」

まともに信じられる話ではなかった。話の上っ面だけを聞かされているとしか思えなかった。

「ふざけないでください……！　いっとくけど人はそんな簡単におかしくなったりしませんよ？　じゃあ、あなたはなにが理由で弐郎がおかしくなったと思っているんですか？」

担任は苦しそうな顔をしてはいるが、返事をしてこなかった。その態度に僕はますます腹がたった。三津子が「やめなよ」と袖をつかみながら小声でいってきたが、怒りが治まらなかった。

もっと怒鳴りつけてやろうと思ったとき、看護師がやってきて面会ができることを伝えられた。僕は不満だったが一旦矛を収め、弐郎の入っている病棟に向かった。

施錠されたドアから病棟に入ると、外と空気が違うな、というのを感じた。自分の入院以外でここに入るのは初めてだった。

看護師に案内され、弐郎の病室まで足を運ぶ。部屋の入り口に立つと、三つのベッドがあり、それぞれ患者が寝ているのがわかった。手前に弐郎が寝ているようだった。

看護師の声で弐郎は体を起こした。僕は信じられないものをみた気がした。あの美男子だった弐郎が、別人のようにやつれ果てていた。目の輝きが消えていた。

弐郎は僕らをみて目を泳がせると、ガタガタと体を震わせ布団を被り「ううあああああ」と泣き声のように呻きだしたのだ。

母が弐郎の背中を労るように撫でると「やめてくれ……頼むから来ないでくれ……」と布団に顔を埋めてしまった。

「おい先生、これをみたかよ……」

担任はなにも答えず、さっきのように私も苦しいといわんばかりに目元に皺を寄せていた。

「なにも答えないつもりだな……僕は、絶対に許さないぞ。あんた僕たちがなにもできないって甘くみてるんだろう。そう上手くいくと思うなよ？」

僕は担任に指を差し睨みつけた。さしあたって胸に宿った憎しみをぶつけてやることにした。

「覚えてろ……人を狂わせるまで追い込んだお前らに未来なんてないからな。僕はそれを今日、お前たちにこれでもかっていうくらい教えてやる！」

僕はそう啖呵を切ると、早足で病室を出て病棟のドアを抜けた。途中三津子や看護師が呼ぶ声が聞こえたが、構いはしなかった。

僕は目を血走らせて駐輪場まで行くと、バイクにキーを差し、弐郎の学校の方向を睨んだ。

「おい伊知郎！　お前なにをするつもりなんだ！」

親父がこっちに走ってきていた。僕は舌を鳴らした。なんでこいつはこういうときにしゃしゃり出てくるのだろうか。

「決まってる！　弐郎の学校に乗り込んで、連中に、自分たちがなにをしたか思い知らせてやるんだ！」

それを聞いた親父は顔色を変えて「馬鹿な！」と声を上げた。

「伊知郎！　お前本気でそんなことをいっているのか？」

親父はそういってバイクの前に立ちはだかる。僕は舌を鳴らした。

「僕はどこまでも本気だよ。親父だって悔しいんじゃないのか？　どうしてそんなに涼しげな顔をしてられる。それでも親なのかよ！」

「ああ悔しいとも。だけどそれとこれとは話は別だ。お前はそんなことをして弐郎が喜ぶとでも思っているのか？」

僕は怒りに任せて、弐郎の学校に乗り込んで、校長を怒鳴りつけてやるつもりだった。全校生徒に弐郎がどれだけ悲惨な目に遭っているか教えてやりたかった。それなのに親父はその気を削いでくる。

「うるさいんだよクソ親父が！　いいからとっととそこをどけ！」

「いいや絶対に通すわけにいかん。お前は、間違っている！」

親父は両手で僕の肩を掴み、油で濁ったような目をカッと開いて、僕に真っ直ぐ向けた。

「いいか！　お前の軽はずみな行動が、どれだけ多くの人間を苦しめるか想像できるか？　その中には弐郎を苦しめた人間がいるかもしれない。だけどそれ以外の人間を追いつめて不幸にすることを、お前は少しでも考えたのか？　それが弐郎のためになると本気で思えるか？　お前がそのまま学校に乗り込んでやりたい放題やった後に、弐郎がどうなるか、どんな気持ちになるのかしっかり考えたのか！　お前はどう考えても、取り返しのつかないことをしようとしているぞ！」

その言葉にハッとさせられた。自分がとにかく学校を滅茶苦茶にしてやろうと思っていたことに気づいた。僕はその考えに正当性があるのか、疑いを持たなかった。

親父の手から思いが僕の肩に伝わってきた。反発する心がないわけではない。だけど親父のいうことは全くの正論だった。僕はなにも考えずに、怒りに任せて行動しようとしていたのだ。

「今、一番苦しんでるのは弐郎だよ。お前まで弐郎を追いつめるな。お前は頭がいいからわかるだろう？　責任のとれないことをするんじゃない！」

親父は鬼気迫った表情で言い切ると、僕の肩を摑む手の力を緩めた。

「それは……ああ……」

僕は台詞にもならないような声を吐き出すと、力んでいた神経が萎え、その場で両腕をだらんと下ろしてしまった。抱えていた怒りが鎮静化していく。残っているのは、どうしようもない現状に対する悔しさだけだった。

「だけど親父……僕は悔しい」

親父は強いまなざしで、僕の目を見続けている。

「僕は弐郎に期待していた。弐郎だったら僕みたいに、病気になることもなく立派な人間になれると思ってたんだ！　だけど……あいつも訳のわからないようなことで病気になってしまった。全く僕と同じ道を歩んでるじゃないか！」

僕は親父に思いの丈をぶつけていた。親父はなにもいわず、それを全部受け止めるように聞いている。

「僕たちはどうしてこう道を踏み外してしまうんだ。僕たちは……一体なんなんだ！」

僕は幻聴に苦しめられ、六年前精神疾患患者になった。あくまで幻聴だったことはわかっているが、確実に僕は他者の存在を感じていたし、今でも頭ではわかっていても納得しきれないところがある。

だけど、弐郎はどうなのか。

弐郎を追いつめた「他者」は、一体どういう存在なのだろうか。


あれから二週間が経った。弐郎はまだまだ長期の入院が必要で、退院時期を明言されていない。

母は毎日のように電話で誰かと言い合いをしている。大抵は津野と川口という弐郎の友達の親が相手だった。かなり険悪な様子で、お互いが自分の息子を守ろうとしているようだった。

たまに家に来る弐郎の担任からは信じられないような弐郎の奇行を聞かされた。女子のスマートフォンを盗み見しようとしたり、電車で延々と弐郎と面識のない女子を脅しつけたりしていたというのだ。

壁に向かってぶつくさいっているところをみた人も多く、対策をとろうとした矢先に事件が起こってしまった、ということだった。

保護者の間では弐郎を責める声はあまりなかったらしい。あくまで被害者として扱われている。僕という「前例」がいることも周知されているようだった。

その代わり学校は相当叩かれていた。先生自身相当消耗していて、ほとんど寝ていないようだった。最初に会ったときよりも数段老けたようにみえる。

津野と川口の証言は最初と少し変わってきているらしかった。

彼らが弐郎をからかうようになると、弐郎がおかしなことをいうようになった。最初は面白かったが、だんだん怖くなってきた。とのことだった。

僕はまともに信じなかったが、彼らが未だに学校に通えていないことを聞くと、ますますわからなくなった。

そこで不登校になってしまうような気の弱い生徒が、弐郎を頭がおかしくなるまで追いつめたりするだろうか。僕は一度正月に津野という少年をみたことがある。あんな弱そうな子供にそんな力があるとは思えなかった。

先生にしても、生徒にしても、敵だと思っていた人たちがどうにも弱々しく、だんだん僕は誰を憎めばいいのかわからなくなっていた。

しかも一番の被害者である弐郎がそのことを一切語ろうとせず、ただ一人苦しんでいた。病気になった今の弐郎に問いつめるわけにもいかなかった。

それからも日は空しく過ぎていった。当初と比べると徐々に騒ぎも静まっていき。このままだとただ生徒が一人おかしくなった、という話でまとまってしまう気がした。

本当にこれでいいのだろうか。

だけどあのとき、親父に止めてもらったのはよかったと思う。僕は弐郎に追い打ちをかけるところだった。

いくら仲が悪かったといっても、かけがえのない家族である。僕は支える立場でいるべきなのだ。

僕はそれからスタンドアップでの仕事が終わると、弐郎の病院に面会に行くようになった。僕が入院していた当時、あの退屈な空間での面会はとても嬉しいものだった。弐郎だって悪い気はしないと信じていた。

面会に行くと、弐郎は無口だった。それでも持ってきたお菓子は口にするし、なにかしゃべりかければ短く返事をしてくれることもあった。

僕は期待していたのかもしれない。こうやって足しげく通うことで、兄弟の絆を取り戻すことを。弐郎が回復することを。

そして多分、弐郎が事件について語り始めることも。

僕はその日も、弐郎のベッドの横で椅子に座り、布団の上の弐郎を見守っていた。弐郎は表情のない顔で、じっと天井をみつめていた。ぼーっとしてみえるのは薬が効いているせいもあるだろう。

病棟というところは基本的に平和な場所だ。だが外の世界と比べておかしなことは沢山ある。弐郎はそんなものみたくはなかったはずだ。

弐郎は将来に希望を持って生きていた。テニスを頑張っていたし、勉強だってしっかりやっていた。どんな夢を持っているのか語り合ったことはないけれど、僕の知らない思いが沢山つまっているに違いない。

きっと悔しいだろう。先に希望なんて持てないのだろう。

そんな弐郎に、僕はなにをしてやれるのか。

「兄貴」

僕を呼ぶ声にはっとして顔を上げた。弐郎は僕の方をみないで体を起こしていた。

弐郎から話しかけてくるのは初めてだったので驚いてしまった。僕は次の弐郎の言葉を待った。

「大会でもらってきた盾、壊しちまって悪かったな」

僕は「あぁ」と声を漏らした。弐郎はそんなことを気にしていたのかと思った。

「大丈夫だよ。忘れてくれていい」

僕は笑って、手を振った。それでも弐郎は辛そうな顔をして手元をみつめている。

「一生懸命、頑張ってとった賞だったんだろ？」

弐郎にいわれて、体調を崩しながら必死で勉強をしていた頃の僕を思いだした。よくあそこまでの力が出せたものである。

弐郎は表情を歪めると、かすれるような声で話し始めた。

「兄貴、俺は……くだらない奴らばかり大事にして、本当に助けてくれる人たちに、酷いことをしてしまった。殴って、壊して、本当に馬鹿なことをしてしまった」

最初、僕は耳を疑った。

あの弐郎が、家族に対して謝罪をしていた。絞り出すような口調に読みとれる感情から、弐郎が心から話しているのが伝わってきた。

「兄貴の大事な物を壊したこと、ずっと気にかかってた。本当に、ごめん」

弐郎は泣きそうな目で頭を下げると、それきりしゃべらなくなった。自分が受けたであろう仕打ちについては一切語らなかった。

弐郎は、ずっと罪の意識を感じていたのだろうか。無論僕はもうなんとも思っていない。その言葉だけで十分すぎる。他にも抱えている物があるはずなのに、弐郎は僕たちのことを気にかけてくれたのだ。

なにか言葉を送ってやらなければならない。なにをいってやれるだろう。なんでもいい、返事をするんだ。

「弐郎……僕、秋にアビリンピックの全国大会に行くから、あの盾よりもっといい物をもらってくる。優勝するよ……」

こんなことをいってどうなるものかと、いってからしまったと思った。

弐郎はしばらく無反応だったが、少しだけ顔をあげ、表情を変えず、一言だけ呟いた。

「……応援してる」

それ以上、弐郎はなにもいわなかった。僕はそれからもしばらく座っていたが、また日を改めて顔を出すつもりで面会を終えた。

ここの病棟はクーラーが効いているが外は猛暑である。季節は夏になっていた。

スタンドアップでは待望のホームページ作りの案件が入っていた。夏の間はそれに取り組み、独学と仕事を重ねて僕のホームページ技術は伸びに伸びていった。

相変わらずデザインは苦手だが、そこは藤野や理吉がアドバイスをくれた。デザインにおいては色を沢山使えばいいというものではなく、最初は色の数を限定して作った方がいい、といわれた。その通りに作ると、確かにサイトとしては統一感が出るのだ。

自分の持っている知識は惜しみなく利用者に伝えた。理解が遅くても、それぞれのペースがあることは教訓としてわかっていた。むしろ長く教えた利用者が自立して仕事をこなすようになると、誇らしい気分になることがわかった。

一通り自分の仕事を終えて休んでいると、理吉が席を外したタイミングで藤野が僕に話しかけてきた。

「伊知郎さん。理吉君は……どうして僕のことが嫌いなんでしょうか。もしかして、普段なにか僕が悪いことをしているのでしょうか」

僕も気になっていたことだった。当事者である藤野が気にならないはずがない。

ただ、デザインの話を一緒になって話しているのをみると、なんだか方向性が同じなのに理吉の方に変なわだかまりがあるようにしかみえなかった。

「なんとなくなんですけどね、理吉みたいに経験が浅い奴って、年上に過剰な期待をしてしまうところがある気がしませんか」

藤野は「はあ」と相づちをうって僕の次の言葉をすがるような目で待っている。僕も自分の考えに自信を持っているわけではなかったが、一つそれらしいことを話してみることにした。

「なんだかんだであいつ藤野さんのこと頼ってるから、なんかのきっかけで理吉の方から謝ってくるかもしれませんよ？　藤野さんはいつも通りでいいんじゃないでしょうか」

「そうかなあ……ううん」

藤野はそういうと自分の仕事に戻っていった。なんとも不思議な関係の二人だと思った。

仕事も勉強も順調であった。日々は瞬く間に過ぎていった。夏も終わり、九月になっていた。その間も、紀乃のことはずっと気にかかっていた。自分が散々に傷つけて、追いつめてしまったことを悔やまぬ日はない。

図書館で紀乃の病気について調べたこともある。紀乃が患っている網膜色素変性症《もうまくしきそへんせいしょう》という病気は、単純に視力が悪くなるわけではなく、視野《しや》狭窄《きょうさく》といって視野そのものが欠けてしまうらしい。想像を絶する世界だった。

今彼女は、どうしているのだろう。元気でいるのだろうか。そうあって欲しいと切に思う。

結局僕が抱いていた夢は、誰もが賞賛するようなものではなかった。今は自分のため、そして弐郎のために頑張っている。

時に志なんて物は人を傷つけてしまう、醜い物なのかもしれない。紀乃や池丸の言葉が胸に残っている。

だけど僕はもう自分の目標を途中でやめるつもりはなかった。大事な物を失ったが、今頑張っていることの結果をこの体で、心で感じたかった。先には確実になにかが待っている。人生には一瞬のことでも全てが報われたと感じることがあるのだ。そのために僕は生きていたい。

僕は一度地方のアビリンピックに出た経験から、競技の雰囲気はなんとなくわかっていた。とにかく時間である。作業時間をいかに素早くするかで細かいところを作り込めるはずだ。

それで僕はネット上にあるタイマーをダウンロードし、三時間のうちに一つのホームページを作り上げる練習を重ねた。最初は時間を過ぎてしまったが、徐々にスピードが上がっていき、見直す余裕が持てるようになってきた。

九月も半ばを過ぎると、県の方から待望の全国アビリンピックに関わる書類の入った封筒が届いた。緊張して中を開けると、四枚組の競技課題が入っていた。

事前課題の内容としては、開催地である愛知県の都市、名古屋の良さを知ってもらうためのホームページを作るというものだった。特に食べ物についての情報を紹介するようにいわれていて、観光系のサイトが想定された。

利用者層についての指示も為されていて、シニア層が大半を占めるとのことだった。デザインもそうだが、機能も老人に使いやすいように作る必要がありそうだった。

一番のポイントとして、サイト内にユーザーがコメントを残せる機能をつける、というものがあった。この機能はＰＨＰを使わないと作れない。データを保存するためにＭｙＳＱＬも必要だ。ただ作るだけでなく、サイトに合った物を考えるべきだろう。

ＰＨＰは今でもとても理解したなどといえないが、今まで作ったものを組み合わせればなんとかなる、という手応えがあった。僕はサイトに必要な物をノートに書き出し、残り二ヶ月で作り上げるつもりで、サイトの構想を練り始めた。

十一月に入り、事前課題の作品の形は大方みえてきた。

まず名古屋の名産に関わるデータをネット上で探し、それだけでは足りないので名古屋グルメを扱った雑誌を購入した。

ホームページの素材にするため、近場で味噌カツを食べられる場所があれば食べに行き、天むすのような料理は自分で作って写真を撮った。

シニア向けのデザインというのが難しかったが、絵巻物をイメージにして褪せた色をベースに、目に優しく落ち着いた雰囲気に仕上げてみた。タイトル画像には名古屋城やシャチホコを配置し、コンテンツには集めたグルメの素材写真を使って名古屋名物の解説を用意した。

工夫を凝らしたのは、同じページにある各グルメのコンテンツごとに別々のコメント欄を配置したことだ。PHPとMySQLで作ったわけだが、それなりの理解がなければ作れないものである。

目の不自由な人にもみやすいように、文字の拡大縮小機能、ハイライト機能なども設置した。アクセシビリティのチェックをするために県の施設で音声パソコンを使わせてもらうこともした。

もしかしたらここまで気合を入れて取り組んでいる選手はいないのかもしれない。だが経験の浅い僕はそれくらいやらないと安心できなかった。

全国大会を控え、県の代表を集めた壮行会が開かれることになった。そこで僕はなんと選手宣誓をすることになってしまった。文章を考えるのは得意だが、実際にしゃべるのは苦手だった。しかもその様子がテレビに流されるというのだ。

普通、そうそうテレビに映される機会などない。本当に大丈夫なのかと不安になった。ローカルのニュースで流されるだけだからネットで叩かれはしないだろうが。

壮行会は南西の方角にある施設で開かれることになっていた。僕は地図をしっかりチェックし、現地までバイクを走らせた。

会場に着くと、待合室に選手らしき人が何人か集まっていた。学生、車いすの女性、オーディンよりもいくらかがっしりとした盲導犬を連れている、細身でメガネの中年男性もいた。

僕は、おそらく視覚障害者であろう男性に話しかけてみた。

「ああ、俺ですか？　俺ぁ尾崎《おざき》っていいます。あなた紀乃さんの友達なの？」

この尾崎猛《たける》という男性は紀乃のことを知っているようだった。視覚障害者同士の繋がりがあるのだろう。いくらかオーディンよりも落ち着きのない盲導犬にも目がいった。

「こいつぁクートってんです。紀乃さんのオーディンと比べるとやんちゃな奴ですね」

盲導犬も生き物なのだからそれぞれ個性があるということだ。僕はなぜだか無性にオーディンと会いたくなった。

「そういえば失礼ですが、そのメガネをかけてると、少しはみえるようにというか……見え方がマシになるんですか?」

確か紀乃も何回かメガネをかけていた。紀乃には失礼だと思ってなかなか聞けなかったが、ずっと気になっていたのだ。

「これはレンズじゃなくてただのプラスチックですよ。みてみてください、なにも変わらないでしょう?」

尾崎がメガネをとって僕にみせてくれた。確かに度もなにも入っていなかった。

「それじゃあ……これはなんのためにつけてらっしゃるんですか?」

「なにかにぶつかったときに目を保護するためのプロテクターですよ。あんまり太陽が出てて眩しいときは遮光レンズの入った奴をつけることもあります。もちろん少しでもみえるように、度が入った眼鏡をかけている人も沢山いますよ」

それで合点がいった。メガネをかける理由もいろいろというわけだ。

壮行会が始まる頃になると、僕たちアビリンピックの代表選手は片野《かたの》という県の職員に案内され式場に入った。そこには別に開催される技能五輪の選手たちも数人集まっていた。

この人たちは障害者ではない。だが技術を競いに行くという点で仲間意識を感じた。

そのうち報道関係の人たちも入ってきた。今の様子がテレビに流れるということだった。

山梨県の県の偉い人が訓辞を述べると、いよいよ選手宣誓に入った。一応カンペを使っていいようだが、カメラが向いている分、やたらと緊張してしまう。

技能五輪の代表選手はカンペも使わず、堂々と立派な選手宣誓をしていた。僕はガタガタ足が震えていたが、もうやるしかなかった。

「私たち選手一同は、可能性を信じ、障害を克服するため、日々それぞれが得意とする分野の技能の向上に取り組み、県代表選手として推薦をいただくことができました。大会まで残り時間もあとわずかですが、自分の実力を十分に発揮できるように、日々練習を重ねていきたいと思います。また、多くの選手の代表としての誇りを持ち、悔いのないように競技してまいりたいと思います――」

言い切った。緊張の塊が喉から蒸発していくようだった。

それから片野と選手たちで当日の打ち合わせをしたところで解散となった。あとは当日を待つのみだった。

家に帰ってしばらく休んだ後、テレビをつけた。夕方のニュースで今日の壮行会の様子が放送されることになっていたのだ。

最近あまり顔をみせない三津子が珍しく家に来ていたので声をかけてみると「見る見る」といって座布団を持って僕の隣に座った。

「三津子、お前最近あんまりこっちに来ないけど、受験勉強とかはじめてるのか？」

気になっていたことを聞いてみた。三津子は来年受験生である。時期的には進路を考えてもいい頃合いだった。

「ちょっとだけね……でも行きたい大学は決まってないんだ」

三津子であれば学力的にはかなり上を目指せるはずだ。だからこそ逆に悩みが深いのかもしれない。

「まあ、まだやりたいことを探してる感じかな……いろいろやってるけどね」

三津子は以前、進路について随分家族と揉めていたと聞いている。さぞかし心労が重なったことだろう。本当にやりたいようにやればいいと思う。

もっとも、ろくに大学も行っていない僕がどうこういえることもなかった。

「わっ、凄い！　伊知郎君が映ってるよ！」

三津子の指さしたテレビの画面には、緊張した様子で選手たちと並ぶ僕の姿が映っていた。しっかり立っていたつもりだが体が微妙に揺れているようだった。

「ああ……映ってる、滅茶苦茶顔硬くなってる……」

ここまで自分の姿を客観的にみることはない。どうも自分が思っていたよりも変な人間にみえてしまう。

「多くの選手の代表としての誇りを持ちっ！　悔いのないように競技してまいりたいと思いますっ！」

自分の選手宣誓もばっちり映っていた。完全に声が裏返っている。あまりの恥ずかしさに具合が悪くなりそうだった。

「いやあ……なんか今横にいる人がテレビに映ってると、変な感じするね……。伊知郎さん、どうですか感想は？」

僕は軽くふざけてくる三津子に返事をする余裕がなかった。いろいろな人の顔が目に浮かんできたのだ。

このテレビに映った姿を、今まで関わってきた人たちの中で誰かがみているのだろうか。同級生たちが、障害者になった僕をみて驚くこともあるのだろうか。

かつてはそのことがとても怖かった。今はそれ程でもないかもしれない。


全国大会を前日に控え、僕はデイケアまで挨拶に行っていた。沢山の仲間たちがテレビを観ていてくれた。

「伊知郎君スターだね。見直したよ」

禿げた中年のおじさんが笑って声をかけてくる。大げさないわれようだった。

「いつの間にそんな勉強してたの、すごいね」

「応援してるよ。頑張れ」

他の利用者からも次々激励の言葉をかけられた。五年間居続けた場所の皆にいわれると、温かい気持ちが込み上げてくる。

「伊知郎さん、ついにここまで来ましたね」

中河が怖いくらいにいつも通りの笑顔のまま僕の前に座った。

「中河さんのおかげですよ。あのとき力を貸してもらえなかったら、今でもここでリハビリをしていたかもしれません」

中河はフフフと声を出して小さく笑う。

「本当は、ここまで伊知郎さんが頑張るとは思わなかったんです。ちょっと就職に対する意識が変われば、くらいの気持ちだったんですが」

それにしてはかなり本格的にサポートしてもらっていたが。僕はまんまと乗せられたということか。

「めぐりあわせというものは大事だと伊知郎さんをみて気づかされました。本当に素晴らしいことだと思います」

あまり褒められると勘違いしそうだが、こんなに持ち上げられるのもこれっきりかもしれないので、甘んじて受けることにした。

「大会頑張ってくださいね。でもきっと、どんな結果でも良いんでしょうね。障害を抱えながら、大きなイベントに取り組むこと自体がもう勝ってるって、私は思いますから」

もう自分が勝っている、という気はしないけれど、ありがたい言葉には違いなかった。

「そういえば弐郎君が開放病棟に移ったことは知ってますか？」

知らなかった。母には連絡がいっているはずだが、なにも伝えられていなかった。

「それじゃ退院間近なんですか？」

「わかりませんが、大分体調がよくなったんでしょうね。もしかしたら病院の敷地を歩いているかもしれませんよ？」

中河との会話が終わると、僕は病院の敷地をぶらぶらと歩きだした。ところどころ見知った患者が歩いているが、弐郎はみかけなかった。

もしかしたらと思って待合室に入ってみたが、何人かの患者がまばらに座っているだけだった。僕は少し疲れたので、ソファに座って休むことにした。

僕はぼーっと、天井にある薬色の空を眺めていた。あの空の青は以前飲んでいた睡眠薬の色で、白い雲は今飲んでいる向精神薬の色だ。

僕はこの下で六年間、毎月診察を待つため座っていた。

隣に誰かが座った。しっかりみなかったが、なんとなく弐郎が僕をみつけてやってきたような気がした。僕は弐郎に向かって薬色の空をみるようにいってやった。

「なあ弐郎。お前も退院したらここに通うことになるだろうけど、ここって屋内なのに青空がみえるんだよ」

すごいビジュアルだよね。

「そうだな。外に行けば本当の青空がみえるけれど、いつの間にか僕にはこっちの方がしっくりくるようになっちまったな」

気に入ったの？

「わからない。でも昔は嫌いだった。ここにくるたびにあんな見せかけの青空みせやがってって描いた奴を怒鳴りつけてやりたかった」

でも今はそうでもないんだ。

「嫌いじゃない。こういうことが許せるようになってきた。大人になったというより、病気に浸かりすぎたからだな。だってあの青空ってきっと善意で描いたものなんだよ。僕たちによくなって欲しいっていう善意の塊だよ」

そう考えるとすごいね。

「弐郎。お前退院したらやりたいことはあるか。もしかして薬のせいでやる気が起きないか。なにもできないで寝ているのは辛いからな。今じゃ僕も通ってないからデイケアに行くのもいいかもな。でもできればどこか学校には行った方が良いと思うぞ。僕と同じ道を行くのは嫌だろうし――」

そのときハッと我に返った。横に座っているオバサンが怪訝な目をして僕をみている。

結局弐郎はいなかったのだろうか。それでも僕はあいつになにかを伝えたような気になっていた。

第五章　いつだって機会なんてものは一度しかないんだ

十一月二十日。

愛知県で開かれる、アビリンピック全国大会に出場するため、僕は予定よりも少し早めに駅前に居た。

昼飯には早かったが小腹がすいていたので、コンビニで買ったベーグルをかじっている。ブルーベリーの味付けがほんのり甘かった。

鞄には下着の着替えや教本、四日分の薬と予備薬、事前課題の入ったCD－Rなどがぎっしり詰められている。これでも荷物は削った方だ。

今日を含めた四日間のため、一年間中断しながらも頑張ってきた。どんな競技が繰り広げられるのだろう。そう上手くはいかないかもしれないけれど、できれば後悔しない戦いをしたい。

僕はまだ見ぬ愛知県での大会を思い描いていた。

「おい、随分機嫌が良さそうだな」

よく知った声が聞こえてきた。空耳ではなさそうだった。まさかと思い振り向くと、親父がいた。

「お……おい！　なんで親父がいるんだよ？」

親父は僕が驚くとニヤリと口元を曲げて笑った。いつも家にこもってばかりいる親父が、わざわざ駅前になにをしにきたのだろうか。親父は禿げた頭に帽子を被り、背中には旅行鞄を背負っていた。

「決まってるだろう。愛知に行くんだ。お前の大会を観に」

「僕のを？」

「お前のをだよ。どんなことをやるのか一度みてみたくてな」

僕は焦った。親父が同伴するなんて全くの予定外だった。

「絶対嫌だ。勘弁してくれよ」

必死で拒絶したが、親父はフンと笑い「これは俺が勝手に観に行くだけだ。だから個人旅行だ。お前に止める権利なんてないだろう？」と言い張った。

「それは……そうだけど。なんで急に興味を持ったんだよ。あんなに馬鹿にしてた癖に」

「そうだな……冥土の土産といったところか。なんだかあまり時間が残ってない気がするんでな」

親父が妙なことをいう、と思った。歳をとった人間がそういうことをいうと洒落にならないのだ。

「変な冗談はよせよ。とにかくあんまり近くに来るなよな。恥ずかしいから」

僕は親父と距離を置き、時間が来たところで集合場所の駅構内で皆と合流した。片野が他の同伴職員と一緒に手を振ってくれる。

「高井さん来ましたね。まだ来てない人もいるんで、少し待っていてください」

車いすの人や尾崎は第二陣の出発になるが、第一陣も若い人たちを中心に何人か参加者がいる。マイクロソフトオフィスワードを使った「ワードプロセッサ」や、接客の出来を競う「喫茶サービス」や、「オフィスアシスタント」という仕事で、ダイレクトメールなどを出す際の作業をする競技に参加する人もいるようだった。

学生服を着た女の子に、スーツ姿の青年、杖をついた青年など、続々選手がやってきた。みんな親や担任の教師が介助者として同行するようだった。介助者がいないのは僕だけだった。

一応親父も愛知に行くわけだが、別段僕の介助をするわけではないし、介助が必要な障害でもない。

全員集まったところで改札口を通り、愛知に行くための列車に乗り込んだ。

切符は個人個人で買ったため、皆、別々の席に座る。その代わり片野がたまに見回りにくることになってきた。愛知に着くまで、しばらく気持ちを休ませることにした。

この時間、電車の席はガラガラである。自由席はいくらでも席が空いていた。

気づけば前の席の方に親父が座っているのがみえる。しっかり僕と同じ電車に乗り込んだらしい。

全く勝手な親父である。

僕は呆れ果てて、声をかける気にもならなかった。

一度電車を乗り換えると、あとは愛知まで一直線だった。みたことのない駅名をいくつも通過すると、徐々に愛知の都市の街並みがみえてきた。

窓からみる名古屋市はビル群が立ち並び、その一つ一つがスタイリッシュなデザインをしているようにみえた。ひたすら栄えているという印象だった。

電車を降りると、片野が点呼をとり、全員がそろったことを確認する。それから改札口を出て出口の方へ歩いていくと、途中でアビリンピック全国大会のポスターがでかでかと貼ってあった。全国大会がそれなりに扱われているようで少し安心した。

それから駅を出ると、僕たちはホテルに向かって歩きだした。山梨に比べると呆れるほどに都会で、多くの有名店が立ち並び、周りはビルに囲まれている。相当な値段になりそうなロードバイクが道の端に停められていた。

僕たちに用意されたホテルは駅から歩いて数分の場所にあった。きらびやかな入り口をみただけで圧倒されてしまったが、十階以上あるし、ロビーも高そうな赤い絨毯が敷かれていて綺麗で、想像以上に良いところだった。車いすの人も泊まるのだからバリアフリーがしっかりしていないといけないわけだが、僕はこんなに良いホテルを使ったことがなかった。

片野がチェックインの手続きを済ませると、全員にカードキーを渡した。それぞれ別々の一人部屋が用意されていて、僕は四階に部屋があるようだった。

また夜に集まって食事をする約束をしたところで、一旦それぞれの部屋に行くことになった。エレベーターで四階まで上がると、僕は自分の番号の部屋をカードキーで開け、中に入った。

「うわあ……」

綺麗なベッドに適度なスペースのある部屋。トイレを開けるとユニットバスになっていた。大きめのテレビも用意されている。一人で使うにはもったいないくらい快適な部屋だった。

僕はいささか疲れていたので、テレビを低音量で流しながら、布団に入ってそのまま一眠りしてしまった。

初日にやるべきことはこの時点で終わりである。いささか時間がもったいない感じはあるが、なにしろ全国から選手が名古屋に集まるわけだから、相当な時間をかけてやってくる人たちがいるのだ。北や南の方の人たちは現地にたどり着くだけでも一苦労なのだろう。

ここまではほとんど観光にきているようなものである。だけど明日からは大会が始まるのだった。明日は開会式と会場の下見、競技の準備がある。もう勝負は間近に迫っているのだ。

夜、皆と一緒に行った店で味噌カツを平らげると、ふと、親父のことが気になった。名古屋駅を出てからは姿を見かけなくなってしまった。

親父は今どこに泊まって、なにをして過ごしているのだろう。

翌朝。六時過ぎに目覚ましで目を覚ますと、寝癖を直して身支度をして、朝食会場の方に足を運んだ。

このホテルの朝食はバイキングである。僕はご飯と味噌汁、納豆に加えベーコンや卵焼きもお盆に入れて席の方に持っていった。

周りに目をやると、明らかに身体の障害を持った人たちが何人もいることに気づいた。彼らも今から大会に行く選手たちなのだろう。

尾崎が片野に連れられ僕の席にやってきた。クートもしっかり仕事を果たしている。

「尾崎さん、食べたいものがあったら持ってきますよ」

いくらいろいろなことに慣れていても、バイキング式の朝食は視覚障害者にとっては大変だろう。僕が申し出ると尾崎は「じゃあご飯と味噌汁だけ持ってきてください。悪いですね」と気持ちいいくらいに目を細くして笑った。

朝食を終え一度自分の部屋に戻ると、県から支給された山梨県のユニフォームを着て、必要な荷物の準備をした。予定では今日会場の下見が行われ、明日の競技が行われるのだ。八時頃には一階に降りてロビーに座っていた。用意のできた人から集まっていき、全員集まったところで点呼をとった。

すぐにバスがやってきて、山梨県選手団が乗り込んでいく、他にも他県の選手たちが乗っているようだった。それぞれの県でユニフォームの色もデザインも違い、個性が出ていた。

アビリンピックは「ポートメッセなごや」という海の近くにある会場で行われるらしい。同じ名古屋なのでそう遠くないのかと思っていたが、四十分くらいは見慣れない景色を眺めながらバスに揺られていた気がする。

座り疲れて尻が痛くなった頃、窓から海がみえた。果てしなく広がり、港にはいくつも船が停《と》まっている。山の県に住む僕は海をみるだけで少し気分が上がってしまう。

それから間もなく名古屋市国際展示場「ポートメッセなごや」に到着した。ドーム状の物を含めたいくつかの大きな建物が相当な広さの敷地に立ち並んでいる。うちの県にこれだけの施設はない。

バスから降りると、会場の外で色とりどりのユニフォームを着た各県の代表選手たちが集まっていた。中には相当凝ったイラストの入ったユニフォームを着ている県もあって、力の入りようが違うなと感じた。杖や車いす、盲導犬を使う身体に障害を持った選手も大勢いるようだった。

会場に入るとチーターを模した大会のマスコットキャラクターがぴょこぴょこと歩いていた。周りは選手たちでごった返していて、ゆっくりとしか歩くことができなかった。

片野が受付を済ませると、僕に声をかけてきた。

「高井さん、今日は旗手をお願いします。私たちとは別に旗手席の方に座っていてもらえますか？」

そういえば、僕は旗手を頼まれていたのだった。山梨県の旗を持って壇上に上がるのである。それを思うと少し緊張してきた。

「緊張しなくて大丈夫ですよ。ちゃんとやり方を教えてもらえるので」

片野がそういってカメラのチェックをしている。

四十七都道府県の旗手席にそれぞれ代表が座り始めた。中には車いすの旗手もいて、彼は介助者と一緒に壇上に上るようだった。

要は重い障害を持っている人でも立派に旗手が務まるのだ。

十時になると、ダンスユニットやゆるキャラによるアトラクションが行われ、それからスクリーンに大きく開会式の文字が表示された。それから間もなく僕たち旗手はスタッフに案内され観客席の裏側を通って、壇上に登る道の前で待機することになった。その間に簡単な手順をスタッフに教えてもらい、なんとなくのイメージを掴むことができた。

既に開会式は始まっていて、すぐに都道府県旗が入場する流れになった。北海道の代表から順に壇上に上っていく。中には大きく旗を振ったり、大きな声を上げたりしてパフォーマンスをする代表もいた。

少し僕もなにかやってみるか。

前の県の代表が壇上で旗を掲げると、僕も続いて旗を構え、壇上に登っていった。山梨県の旗は妙に長く、引きずらないようにするのが大変だった。

四回くらい振ってやろう。そう思って観客席に目をやったが、あまりに大勢の拍手に呑まれてよくみえなかった。

「おっ、おおお……」

照明を当てられながら、バッ、バッと四回振ってみた。それ以上アクションすることもなく、僕は緊張しきった顔で旗を渡し、退場していった。

こんなものでよかったのだろうか。なぜか失敗でもしたかのような気分になっていた。なにも間違いなどしてはいないのだが。

それから主催者側から競技説明があった。大会ではそれぞれ二十四種目の競技が行われ、僕たち選手は昼休みをした後に競技会場の下見をすることになる。

最後に選手宣誓が行われた。愛知県代表の男女二人。男性の方は車いすを使う身体障害者だった。

開会式が終わると、ひとまず山梨県選手団と合流した。会場の食事席を確保すると、弁当を持ってきてそれぞれ食べ始めた。中には昨日も食べた味噌カツが入っていた。

昼食中、せっかく選手として一緒にいるので、喫茶サービスに出場するおかっぱ頭の女の子に話しかけてみた。

「学生さんなんですか？　制服着てますけど」

僕が声をかけると、彼女は丸みを帯びた目を少し凝らすようにこちらをみて「私、特別支援学校から来てるんです」と答えた。

そういえば地方アビリンピックで、沢山の高校生が来ていたけれど、彼らは皆、特別支援学校の生徒だった。喫茶サービスの訓練も学校で取り組んでいるのだろうか。

少し喫茶サービスの内容について聞いてみた。彼女は全国大会経験者だった。

「お客様からオーダー聞いて……その通りの物をお出しするんですけど、同じ選手たちと協力しながら手際よく仕事できるかも評価されます。でもどれだけ気持ちのいい接客ができるかってところが一番大事ですね」

明快に答えてもらった。特別支援学校で精神の障害なわけはないから、知的面なのだろうが。これを聞いている分にはこの娘がなんの障害を持っているかわからなかった。

昼休みが終わる頃、僕は競技会場を歩きホームページ部門のブースまで歩いていった。かなり奥の方にあり、途中、縫製やビルクリーニング、フラワーアレンジメントなどのブースが目に入った。本来職業として仕事にするものが競技として行われるというのは、考えれば不思議な物だった。選手じゃなければどんなことをどんなルールでやるのか観客としてみてみたかった。

ホームページのブースには、均等に間の空いた各県の席にそれぞれパソコンが置いてあった。入り口にあるパネルには「山梨県　高井伊知郎」と書かれていた。他にも十数人の選手が出場予定だった。隣にはデータベースや建築CAD《キャド》、コンピュータプログラミングのブースがある。

僕はスタッフの案内に従って席に座ると、まず事前課題を鞄から取り出し、必要な書籍を一冊スタッフに確認してもらった。これが当日の武器になるのだ。

選手たちはそれぞれ事前課題をパソコンに保存し、自分の作品が動くかどうかチェックしている。手が不自由な人もいれば、目が悪いのか文字を極端に拡大して操作している人もいた。同じホームページ職種でも、多種多様な障害を持っている人がいるようだった。

僕も自分の作品をパソコンに入れると、メモ帳に書いておいた手順通りにPHP、MySQLを操作し、一通りチェックしてみた。

プログラムは問題なく動いていた。各項目に置かれたコメント欄はすぐにどの部分も書き込むことができる。ほとんど完璧だった。

やった。これで勝負できる。

そう思ったときのことだった。

僕は安堵して、不意に周りに目をやって、前の方で作業している選手の作品をちらりとみてしまったのだ。

「凄い……！」

どこの県の選手かはわからないが、デザインのレベルが全く違った。スタイリッシュなロゴ、観光地のイメージを膨らませるデザイン。僕のが個人サイトだったら、あちらは一流企業の公式サイトのレベルだった。とても……かなわないと感じた。

そうだよな。僕が優勝できるはずもない。

彼のレベルをみれば入賞だって無理だ。ちょっと、大会のことを舐めていたんだな……。

僕は急に体中の元気が抜けていくのを感じた。なんだかこの一年間、ずっと僕を支えていたなにかがポキリと折れて、せき止めていたなにかが決壊してしまった気がするのだ。

いや、ここまできてなにをいっているんだ。とにかく今までやってきた成果を発揮しなければ。

僕はなんとか自分を奮い立たせ、機器のチェックをし、当日のシミュレーションを行い、当日来場者に公開されるデモ用のパソコンに自分の作品を保存した。

全てが終わると、僕は県庁の職員と一緒にバスに乗ってホテルに帰った。やはり血の気はひいている。

今まで信じていたことが嘘だった。そんな気持ちが僕を支配しつつあった。抑えようとしても治まらなかった。

ホテルに戻ると、自分の部屋に戻って、そのままベッドに突っ伏した。体中が寒く、大きく震えていた。今まで感じたことのないような圧力が脳にかかっていた。

なんなんだ。これはなんなんだ。胸に喪失感、皮膚になにかが縛り付けられているような圧迫感を食らい続けている。

僕はなにをそんなに苦しんでいる……？　僕はなにも失敗をしたわけではないじゃないか。今まで頑張ってきたけれど、大会にしっかりと上がいただけだ。なにも悪いことなんてしていない！　むしろ清々しいくらいじゃないか？

――違う、お前は間違えたのだ。

腹の奥から、暗い、冷めた声が聞こえてくる。彼はいった。僕は沢山の時間を非効率的に使い、自己満足に浸りながら勉強する素振《そぶ》りをしていたと。

――だっておかしいだろう？　一年も勉強をしていたら、今頃仕事で使えるくらいのレベルにはなっているはずだ。それなのにお前は子供の遊びみたいな作品を作って、勝負しようとしていた。優勝できると思っていた。おめでたいね。自分で虚しい人間だと感じないか？

その言葉は容赦なく、僕の今までの努力を完全に否定していた。

違う！　僕はできる限りのことをしたんだ。毎日勉強していたのだって自分なりに体調をみて、必死で取り組んでいたんだ。

しかし彼は僕の腹の奥で、明確に否《いな》を突きつける。お前は中途半端に取り組んでいただけだと。しかもそれを理由にして、現実から逃げ続けているのだと。

――だって。結果がどうなるか、もうわかっているのだろう？　戦う前から結果が出ているのに、どうして頑張ったなんていえるんだ？

あの選手の作品……桁違いの出来だった。もっと頑張って、あれより良い物を作れるようになればよかった。僕は怠けていたのか？　それとも、他に道を探すべきだったのか？　全国大会で優勝したところで、お金が入るわけではない。僕は間違っていたのか？

過去の情景が目に浮かんでくる。確か、小学校の初めての運動会の時。僕は他の子供たちと横一列に並んで競争することになった。

絶対一位をとってやる、と思っていた。一位じゃなくてもきっと二位か三位はとれると信じていた。

走り出すと、みんなは僕よりも遙かに速く前に前に駆けていく。僕はなぜだかみんなよりも足が遅くて、みんなの背中がどんどん遠くなっていく——。

どうして、僕はこんなに遅いのだろう。僕はそれからもずっと人より足が遅かった。何度でも僕は負け続けた。自分が最下位だという事実が、心を落ちぶれさせた。

だけど……僕は今まで頑張ったことを無駄にしたくない、たとえ負けても、最下位でもやる価値はあるんじゃないのか……！　なにを僕は一人で苦しんでるんだ。明日は本番じゃないか。この一年、ずっと待ち望んでいた日じゃないのか。どうして僕はこんなにギリギリなんだ？　そんなバカなことがあるか！

——そうさ。わかっているじゃないか。今までもずっと、お前は一人で踊っていたのさ。

そんな……中河だって、デイケアやスタンドアップのみんなだって、僕を応援してくれているのに……。

――そりゃあ仕事でやってる人たちだもの。あとはお前がなにをやっているのか知らないから応援もするだろうね。

違う……違う。僕はもっと……大事な物が……。

――大事なものってなんだよ？　いってみろよ？　ほらほらほら？

やめてくれ……そんなに僕を責めないでくれ……！

午前四時をまわっても僕は寝ることができなかった。顔を洗ってみたが、一向に気持ちは治まらなかった。胸はバクバク高鳴り、体中の神経が落ち着かず、頭が熱かった。

僕の作品を思い起こしても、なに一つとしてあの選手の作品に勝てるところはなかった。シニア向けでも洗練されたデザインという物はある。ロゴに使うフォントにしてもセンスは大きく問われる。

結局僕はみえているものが狭く、少なすぎたのだ。経験の差でもあり、自分自身の世界が小さすぎた。

弐郎の顔が頭に浮かんだ。僕はあいつに優勝してくると約束した。自分の力で病気に苦しむあいつを元気づけてやりたかったのだ。

だけどもう、勝てる見込みは一つもない。

僕は頭を抱えた。それから僕はベッドに入ったが、一睡もできなかった。最低最悪のコンディションで競技に臨むしかないようだった。

朝食会場は今日もバイキングだった。僕はなんとか体力をつけようと、ごはんに味噌汁、海苔、卵焼きを盛ってお盆に載せた。

ほとんど食欲はなかったが、なんとか食べねばエネルギー不足で戦うことができない。僕は詰め込むように朝食をとった。

競技本番は昨日と違って七時十五分にはバスに乗らないと間に合わない。九時には競技が始まるのだ。

慌ただしく準備をしていると、突然強い嘔吐感に襲われた。

とても耐えられず、僕はトイレに駆け込むと、さっき食べた物を全て戻してしまった。

「ウエッ……ウオエェエ……」

喉が熱い。溜まり水に嘔吐物が浮かんでいた。

もうダメかもしれない。僕は今吐いた物を全て水に流すと、荷物を持ってロビーに向かった。

山梨県選手団はもう集まっていて、片野が点呼をとっていた。僕は不調を悟られぬよう必死で平静を装っていた。ここで体調不良ということにされたら競技に出られないかもしれない。

他の県の選手たちがバスに続々乗り込んでいる。僕たちも空いている前の方の席に座り、全員乗ったところで「ポートメッセなごや」に向けて発車した。

休めば少しでも体力は回復する。そう信じて僕はひたすら目をつむった。しかし体調は全くよくならない。これからのプレッシャーのせいか、ますます胸が苦しくなっていた。

あの作品さえみなければ、僕はもっと気楽でいられただろうか。そもそもこうして体調を崩すこと自体馬鹿馬鹿しいことはわかっている。やるべきことをやるだけ、なに一つ状況は変わっていないはずなのに、自分ばかりが勝手に苦しんでいる。それでもコントロールできないのがメンタルというものだった。

バスが揺れるたびに不快感が破裂して体中で暴れ出す。吐いたせいか喉がヒリヒリ痛い。全く寝ていないせいで頭の働きが鈍い。良いことがなにもなかった。

目を開けた。暗い海がみえる。「ポートメッセなごや」が近かった。もう休む時間も逃げ場もない。僕は三時間の競技を無事やり遂げなければならない。

バスに降りると、僕は選手団と分かれてホームページのブースに向かった。とにかく行けば競技ができる。競技が始まればそれなりに戦えるはずだった。

しかし、競技会場の前で足が止まった。体が、このまま進んでもろくに戦えないことがわかっていた。不調に体が疲れていた。

もう、限界なのだ。僕を支えていた緊張感が消し飛んでいった。

全てが終わった気がした。僕はふらふらと倒れるように近くのベンチに座り、頭を抱え動けなくなってしまった。

どうしよう、どうして僕はこうなんだろう。一番大事なところで正しく動くことができない。学生時代もそうだった。いざ戦うときになって、無様に自滅して、皆から冷たい目でみられていた。勉強でも、スポーツでも……。

人の声がどんどん耳に入ってくる、心のフィルタがなくなり、その一つ一つが僕の神経を害し、荒らしていく。

僕はこんな情けない思いをするために一年間頑張ってきたのか。僕はこんなところに来ることをずっと夢見ていたのか。なんて虚しい話なのだろう。なんてことだ……。

「おい伊知郎！　お前どうしてこんなところにいるんだ！」

力強い腕が僕の体を起こした。親父だった。

「お前は……九時から競技が始まるんだろう？　もう行かなきゃまずいんじゃないのか？」

本当はもっと前に競技説明を受けねばならない。だから時間は十分と残っていないだろう。

「親父……いいんだよ。僕は、この競技を、棄権する」

精も根も尽き果てていた。僕は自分との戦いに、負けたのだ。

「伊知郎……？　ここまで来て今さらなにを馬鹿なことをいってる！　お前あれだけ頑張ってたじゃないか！　気をしっかり持てよ！」

親父は僕の体を揺らしてくる。どうせこの親父は、また精神論を僕に訴えてくるつもりなのだろう。良い機会だ、僕の身を以て教えてやる。

「ダメなんだよ……昨日からずっと体中がおかしくて、今にも押しつぶされそうなんだ。精神を整えてなんとかしようと思ったけれど、どうしようもなかった」

親父は強いまなざしで僕をみつめている。なにかを伝えようとしているようだが、僕はそんなものでは動かされない。

「なあ、親父。精神なんてものはさ、人によって形が違うんだ。僕は結局親父みたいに少し気合を入れれば解決するような精神にはなれなかったんだよ。僕はずっと親父の強さが辛かった。親父のいうことのなにもかもが、自分の役に立たなかったんだ。だから今だって同じだよ、頼むから僕を、放っておいてくれ……」

少しは動揺するかと思ったが、親父はちっとも表情を変えなかった。僕はフッとくだらないことをいった己を自嘲し、親父から目をそらした。

すると親父はなにを思ったか、僕の体中を突然さすりはじめたのだ。

「や……！　な、な、なにするんだよ！」

「伊知郎、どこが悪いんだ？　ここか？　この辺か？」

「やめろやめろ！　くすぐったいからやめてくれ！」

親父はそれでもさするのをを止めない。周りの目が気になったが、意外なほどに誰も僕たちに関心を示さなかった。

「お前がどれだけ苦しんでいるかは知らん、きっとお前の病気はそれだけ重いんだろう。だけど、今だけは気をしっかり持つんだ。後はどうなっても構わん、お前だってそれを望んでいるんだろう」

親父は僕をさすり終わると、僕の肩をがしっと摑み、まっすぐ僕と顔を合わせた。肩と顔を通して力が伝わってくるようだった。

「いいか伊知郎？　お前は棄権して、また次をやり直せばいいとでも思っているかもしれないが、いつだって機会なんてものは一度しかないんだ。二度と同じ機会は訪れはしないんだよ。

お前はこの一年間、誰になんといわれようが勉強をしてきたじゃないか。その強情さは俺だって認めてやれる。それだけの機会を簡単に捨てていいのか？　ベストを尽くせなくて後悔しないか？　お前は絶対に嫌だと思うはずだ！」

強い言葉だった。いつも嫌気がさしていたはずの力強い言葉が、僕の心を揺さぶってきた。

「親父……僕は……」

僕が言葉をいいかけると、親父は笑って僕の肩をパンと叩いた。

「もう行け。時間がないんだろう。心配するな、また具合が悪くなったらさすってやる。それに、俺以外の誰かがお前の骨は拾ってくれるさ。とにかく年寄りのいうことを信じてみろ」

不思議と体の震えは止まっていた。寝ていない分まだ頭は重いが、さっきより余程ましだった。

「ありがとう！　親父！」

僕は親父に背中を押され、再び走り始めた。

――急がなければならない！

僕は競技会場に入り、ホームページのブースに向けて一生懸命に走った。時間はギリギリである。

全く余裕がないのに、足は軽やかだった。僕を支配していたプレッシャーが嘘のように消えていた。

ホームページのブースがみえた。もうみんな席について審査員の競技説明を待っている。

ブースに入ろうとしたとき、僕はとんでもない人をみつけてしまった。目を疑ったが、確かにその人に違いなかった。

白いコートを着た色白の頬、長い睫が輝く小鹿のように優しげな瞳、彼女は間違いなく村中紀乃であった。足元にはオーディンも座っている。

「紀乃さん?」

僕が素っ頓狂な声をあげると、紀乃ははっと驚いたように顔を上げた後、こちらを向いて以前のような親しみのこもった笑顔で「頑張ってくださいね」と声をかけてくれた。まるで沢山の花が一度に開いたような麗しさだった。

柔らかい気持ちが僕の胸に宿った。もう二度と会えないと思った人が、なにがあったのか目の前にいてくれる。

どうしてここに紀乃がいるのだろう。今すぐ理由を聞きたいが、僕にはやらねばならないことがあった。

「ちょっと早く早く!」

スタッフが慌てた顔で僕に呼びかける。僕はすぐさま席につくと、呼吸を整え画面をみた。

全ての不調は吹き飛んでいた。間もなく審査員が競技説明を始める。

ホームページ職種の競技説明が行われた。競技時間は百八十分。デスクトップに作品の入ったフォルダを保存し、USBメモリにも適宜バックアップを保存する。途中でパソコンに不具合があった場合スタッフに申し出る。

昨日確認したソフトは皆デスクトップに用意されていた。スタンドアップで使っていたフォトショップもイラストレーターも入っている。今ではドリームウィーバーも僕は使えるようになっていた。一通り武器は揃っている。

競技説明が終わると、九時の競技開始まで沈黙が続いた。一睡もしていないが、コンディションはすこぶるよくなっていた。終わるまでは今の状態が持ってほしかった。

間もなく時計が九時を回り、審査員の合図で競技が開始される。

まずは配られた問題を把握しなければならなかった。あまり時間は使えないが、それでいてしっかり理解しておかなければならない。幸い、それほど時間はかからなかった。

内容としては、それぞれの選手が作ってきた事前課題を、指示通りに修正するというものだった。一つは特産品のピックアップページを作ること。もう一つは今回作ってきたコメント機能に、採点機能も追加する、というものだった。旧作品とは別のフォルダを作って区別して、さらに新作品のプレゼンページも作成しなければならない。

問題数が少ないので一見簡単にみえるが、ピックアップページは作り込もうと思えばいくらでも作り込まねばならないし、採点機能に至ってはプログラムの理解がなければ作ることができない。恐らく時間は足りないくらいだろう。

僕はまず採点機能の方に取りかかった。ピックアップページはできるところまで完成度を上げればいい、という判断だった。逆に採点機能は中途半端では済まされないのだ。

周りからはカチッ、カチッというマウスのクリック音、ダダダダッとキーボードを激しくタイプする音が聞こえてくる。皆必死で頑張っている。僕だって同じだ。

まずイラストレーターで星が並んだ画像を五つ作った。採点が一点だった場合が星一つ、五点だった場合は星五つの画像が表示されるようにするためだ。さらに採点を拒否する人のために「採点評価なし」の画像も用意した。

画像ができると、今度はプログラムの方にとりかかった。これはPHPとMySQLの技術が必要だった。ユーザーの採点を受け取り、内容を保存する。保存された内容がコメント欄に表示される。大体の流れの理解はできていた。

しかし少しでも間違えればプログラムは動かない。この三時間で何回もミスをしてやり直す余裕はない。しっかり動いてほしかった。

しかしどうも上手く動かなかった。どこかにミスがあるのだ。僕は目を血走らせ、必死に記入漏れを探した。

すると入れるべき名前を入れていなかった箇所を発見した。すぐさまそこを修正し、改めてチェックしてみる。テストコメントを入力し、採点は三点にして投稿してみた。

今度は見事星が三つ並んで表示されていた。手応えを感じたので全てのコメント欄から採点機能をテストする。どれも問題なく動いていた。一瞬、緊張がほぐれ楽になった気がした。

七十分が過ぎていた。

まだ時間は百十分も残っている。あとはピックアップページとプレゼンページを作ればよかった。

ピックアップページではみそカツと手羽先の項目を拡大し、それらしいアピール文章を書き連ね、キャッチコピーを明朝体で大きく貼り付けた。

自分でもよくこんな文章が浮かぶなと思うが、日記を書き続けていたのがいい練習になったのかもしれない。

タイトル画像に追加の効果を入れて、文字のスタイルの体裁を整える。この時点で残り時間は五十分。皆仕上げの段階だろう。僕もプレゼンページを仕上げようかと思っていた。

「しまった！」

小さく声を出してしまった。僕は大きな見落としをしていた。新たにピックアップページを作ったはいいが、そのせいで視覚障害者のために作っていたハイライト機能の設定が微妙にずれてしまい、表示が滅茶苦茶になっていたのだ。

僕の作り方がいけなかったのか。こんなことに気づかなかったなんて！

動悸が激しく鳴り響いている、体中が追いつめられているのを感じていた。

もう時間がない。とにかく全部修正するんだ！

ずれてしまったハイライト機能を一つ一つ直していく。幸いそれほど複雑な作りはしていなかった。それでも項目が多く、結構な数の箇所を直さなければならない。ひたすらこなしていくと時間への焦りで体中から汗が噴き出てきて、だんだん呼吸が荒くなってきた。全部直したところで、時間は二十分しか残っていなかった。

僕は全身全霊の力をパソコンに向け、画面に集中しすぎて痛くなった目を必死で見開き、プレゼンページを作り出した。思いつくままにプレゼン文を入力し、おかしいところがないことを確認したところで、どんどんタグを挟んでいった。採点機能、ピックアップページのサンプル画像を差し込んでいった。

知識に感性、技術、今まで生きてきた中の、あらゆるものをこのホームページに注ぎこんでいるような気がした。デザインにしろ、機能にしろ、僕という人間その物が表れているようだった。他と比べてどれだけ稚拙でも、ここまで形になったらもう関係ないと思った。

そして、僅かな時間を残し、僕は規定課題を完成させた。ちょっと前にあと五分と審査員がいっているのを聞いた。

僕は目を皿のようにしてミスがないかチェックしたが、どこにもみつからなかった。どのみちもう直す時間はない。

競技開始から百八十分が過ぎ、ホームページ職種は終了した。ちょうど十二時を回っていた。

全てを出し尽くし、ホームページ職種のブースを出ると、紀乃とオーディン、紀乃の母親が僕を迎えてくれた。

ここまできて僕は紀乃になにをいえばいいかわからなかった。あれだけ酷いやり取りをしてしまった後、紀乃がまた僕に笑顔を向けてくれるなんて思っていなかった。一体今までなにをして、どう考えてここまで来てくれたのだろう。

「岐阜に祖母の家があるんです。私、いつか全国大会に行きたいし、伊知郎さんの応援もしたかったんで、今日は見学にきました」

「僕の、応援を？」

「ええ、母に伊知郎さんがどうしてるか、教えてもらってました」

ホームページ職種なんてものは、いってしまえば、ずっとパソコンに向かって作業しているだけである。後ろからみていてもさぞかし単調な情報しか得られなかっただろう。それを彼女たちはずっとみていてくれていたのか。

「でも、どうして？　僕は紀乃さんを……滅茶苦茶傷つけてしまったのに」

僕は紀乃に自分のいいたいことばかりを押し付け、あまつさえ自分の作品に利用しようとしたのだ。どれだけ彼女に負担をかけてしまったかわからない。

そういうと紀乃は「あれは私が悪かったんです」といって少し顔を下げた。

「紀乃さんが悪いなんて」

「いいんです。あれからずっと、家で考えてたんです。伊知郎さんにあんな酷いことをいって、スタンドアップにも行けなくなって、取り返しのつかないことしちゃったんじゃないかって」

スタンドアップは紀乃にとって大事な場所だった。ならば、なおさら紀乃の悩みは深かったのではないか。

「戻りたくても勇気が出なくて、そんなとき、テレビから伊知郎さんの声が聞こえたんです」

「僕の声が？」

そういえば、壮行会のときに僕が宣誓する様子がテレビに放映されていたことを思い出した。

「障害を克服して競技を頑張るって、凄くいいことをいってたと思います。それなのに私、勝手なことをして負担をかけて、邪魔をしてしまいました」

「そんなことないですよ。あれは紀乃さんや、みんなの気持ちを考えずに偉そうにしてた僕が悪いんです……」

紀乃は顔を横に振った。

「そうじゃないんです。私、伊知郎さんに嫉妬してたんだと思います。自分がなかなかパソコンができないから」

紀乃は切なげに何度か瞬きをすると「私は可能性の塊のような伊知郎さんが羨ましいです」と瞳を潤ませ、今にも泣きだしそうな笑顔をみせた。

「紀乃さん、そんなこといわないでください。一緒にこれからも頑張りましょうよ……」

僕は涙声にならないように、必死で声のトーンを抑えていた。

競技で全ての力を出し尽くした、と思っていたが、僕はその後も元気だった。紀乃の母親が少し紀乃と会場を回る時間を許してくれたのだ。僕は紀乃とオーディンを連れて、会場を解説しながら案内した。

気になっていたビルクリーニング職種では大きな掃除機を使って、作業着にゼッケンをつけた選手が真剣な表情でゴミを吸い取っていた。

「床の色は灰色でゴミの色は白です。動きは体全体を使って力強いですね。掃除機を真っ直ぐ手を伸ばしてかけられる範囲までかけては戻していきます。機能的で、凄く丁寧に掃除してますよ」

僕が紀乃になるべくわかるように情景の説明をすると、紀乃は感心したように、目が眩《くら》むような華々しい笑顔で頷いてくれる。

「伊知郎さんの説明、いつも凄くイメージしやすいです」

本当ですか？　と聞いてしまった。思いつく情報をとにかくしゃべっているのだが、紀乃にとっては良いものになっているのだろうか。

フラワーアレンジメントでは今からが本番といったところらしく、まだ花はできていない。午後から始まる競技もあるようだった。

ホームページブースに一回戻ると、デモ用のパソコンにちょうど客がいなくなっていた。このパソコンには各県の選手の作品が入っている。どんな作品があるのか是非みてみたかった。

これが音声パソコンだったら、と思う。紀乃がどんどん内容を読みとることができるのだが、一般客のことを考えてそういうわけにもいかないのだろう。僕は一つ一つホームページを開くと、紀乃に解説していった。

製品として申し分のないものもあれば、個人ページとして個性際だつものもある。弱視の人が作ったであろう文字が大きなものもあった。

「みんな、それぞれの障害を持ちながら、頑張って作ったんですね」

紀乃はそういうと「やっぱり私も作ってみようかな」とつぶやいていた。

紀乃がホームページを作るのは大変なことかもしれないが、テキストエディタで作っている以上不可能なことではない。そのやる気を僕なら手助けできるかもしれないと思った。

全作品をみてみたが、僕はむしろ自分の作品に自信が持ててきた。もちろん良い作品がたくさんあるのだが、それらと比べて自分のほうが勝っている点もあると感じたのだ。特にＰＨＰによるプログラムの出来は誰にも負けていない。

もしかしたら優勝できるのではないか。優勝してみたい。

だけど一つ自信を持つと悪いところが頭に浮かび、勝利への確信には程遠かった。

それから僕は紀乃とオーディンを喫茶サービスのブースまで先導した。ここでは特別支援学校の女の子が頑張っているはずだった。さっき片野から抽選券をもらったので、僕たちは実際に客としてサービスを受けることができるのだ。

順番が来ると、喫茶サービスの選手が席に案内してくれた。このサービスの出来も採点に関わってくるのだろうか。紀乃も丁寧な接客を受け、席に座ることができた。

余程緊張しているのか、オーダーを受ける選手が小刻みに震えている。僕は心の中で応援しつつ、紀乃に飲み物の説明をした上で、注文をした。

僕が特別支援学校の女の子がどこにいるのかと見回すと、親父が「オフィスアシスタント」のブースを眺めているのをみかけた。選手たちが真剣な表情で、封筒へ三つ折りにした書類を封入する作業に取り組んでいる様を、物珍しそうに眺めていた。

あんなところにいる。

僕は数時間前、親父に助けてもらったときのことを思い出していた。あそこで親父がいなかったら、僕は多分競技に出ることもできなかっただろう。あと一歩でなにもかも駄目になるところを、救ってもらったのだ。

「伊知郎さんのお父さんが来てるんですか？」

「ええ、隣にあるオフィスアシスタントのブースを見てますよ」

そんなに距離はないからあっちも気づくかと思ったが、親父は少しもこちらに目を向ける気配がなかった。

「きっと優しい人なんでしょうね。会ってみたいな」

優しい、という言葉に僕は苦笑した。あれだけ僕に嫌みをいってくる人は他にいない。

「会ったら幻滅しますよ、なにしろ勝手な人ですから」

「そんなこといったらダメですよ。伊知郎さんのことが気になって愛知まで来てくれたんですから。私、羨ましいです」

そういえば紀乃は父親の話をしたことがない。もしかしたらもう亡くなっているのかもしれない。

なんとなく親父が僕たちに気づいて、声をかけてきたらいいと思っていた。しかし親父はそのまま遠くのブースの方に行ってしまった。

紀乃とはそれほど長い時間一緒にいられなかった。だけど一緒に会場をまわることができて、僕は幸せだった。今までの失敗がなにもかも帳消しになったようで、これからいろいろなことを良くしていける希望を感じていた。

紀乃を母親のところに送り届けると、僕も県の職員と一緒にホテルに戻った。明日は閉会式。この大会もいよいよ終わりである。


時計は七時を回っていた。このホテルで過ごす最後の朝だった。集合時間までは一時間あるのでゆっくり朝食を食べることができる。

鏡をみてみると、大分表情がよくなっていた。一昨日寝られなかった分は取り戻せたらしい。部屋を出て、エレベーターで朝食会場に行くと、いくつかのパンとウインナー、オレンジジュースなど、洋食を中心にお盆に載せていった。こんなに豊かな朝食は当分拝めない気がする。最終日の気楽さに甘えて、食べられるだけ食べてしまうことにした。

今日は表彰式が行われる。一位から三位までは発表されるはずだ。それぞれ金、銀、銅賞が贈られる。

しかしもうここまで来たら結果を待つのみである。競技前のような体調不良にはなっていない。

あのときは多分、負けるのが怖かったというより、自分のやってきたことに自信が持てなくなっていたのだろう。結果的に僕はベストを尽くすことができた。僕は自分の中のなにかに打ち勝ったのだ。

ゆっくりパンを食べていると、片野が尾崎を連れてやってきた。

「伊知郎君、なんだか紀乃さんが来てたっていうじゃないですか。久しぶりに会いたかったよぉ」

尾崎が無念そうに目をつむって皺を寄せている。そういえば尾崎は紀乃と顔見知りだった。せっかくだから会わせればよかったのだが、その時間、尾崎がどこにいるかわからなかったし、みつからなかった。

「紀乃さんは、さすがに閉会式にはこないですよね。そういう式でもないからなあ」

昨日は一般の来場者も沢山来ていたが、ここからは選手や随行者が集まる閉会式である。紀乃も岐阜の方に戻っているはずだ。

「ありゃあ良い娘ですよね。俺ぁ引退だから再来年の大会はあの娘が頑張るでしょう。応援してやってください」

尾崎さんは結構良い歳である。引退というくらいだから今まで何度もアビリンピックに出場してきたということか。

「もう十年前から出てます。なかなか賞は取れませんがね。茨城や山口とか、いろんなところに行きましたよ」

賞が取れなくても、重い障害を抱えながら十年出続けたということは価値のあることである。中河にもいわれたが、この大会は必ずしもトップを目指すような大会ではない。障害によってはどうしても大きなハンディを強いられるし、スタートラインからして平等ではないのだ。

障害を抱えていても、なにかに打ち込むことはできる。皆の打ち込んだ先の目標に大会が君臨しているのだ。多分、僕はアビリンピックがなければここまでパソコンに打ち込むことはなかったと思う。素晴らしい体験をさせてもらった。

しかし僕はあくまで金賞が欲しい。武郎との約束は今になってますます強くなっていた。とれるような気もするし、なんの賞もとれていない気がする。それを考えると怖くなった。あいつの前に手ぶらで戻ったとき、どんな顔をすればいいのだろう。

結果発表の時、スクリーンにずらりと並んだ名前に僕の名前がない。絶望した僕は涙を流しうなだれて、まともに閉会式のことなど覚えていない……そんな想像までしてしまうのだ。

朝食を終えると、部屋に戻って帰り支度を整え、八時をまわったところで四日間使った部屋を後にした。

それから山梨県選手団がロビーに集まると、片野にカードキーを渡し、チェックアウトの手続きをしてもらった。それからやってきたバスに乗り込むと、他の県の選手たちも順々に乗り込んでいく。彼らとは同じホテルだったのに会話もしなかったが、もう少し自分に時間があれば話をしてみたかった。なにしろいろいろなことがあって、とてもそんな余裕がなかったのだが。

ホテルを後にすると、四十分程バスに揺られ、「ポートメッセなごや」に着いた。バスから降りると、僕たちはまず記念写真を撮ることになった。この選手団も今日で解散するからだ。

僕は福祉タクシーでここまできた尾崎とクートの横に立ち、片野のカメラで特別支援学校の女の子やワードプロセッサやオフィスアシスタント競技に出場した青年、洋裁に出場した車いすのおばさんと一緒に撮ってもらった。また写真は後々送ってもらえるらしい。

それから会場にはいると、チーターを模した大会マスコットが他県の選手たちと一緒に写真を撮っていた。凄い人気で、彼もサービスのつもりか、重そうな体で何度も飛び跳ねていた。

閉会式の会場は第三展示場だった。僕らは指定された席に座り、式が始まるのを待っていた。壇上には大きなスクリーンがあり、あれで受賞者が発表されるようだった。

いくらか時間が経ったところで閉会式が始まると、大会会長と来賓が挨拶をし、理事から競技講評が行われた。皆様結果発表を前にドキドキされているのではないか、悔しい思いをされている方もいるのではないか、しかし最後まで諦めることなく競技課題に取り組んだ姿は来場された方々に感銘を与えました、と僕たち選手の健闘を称えていた。

そしてついに受賞者発表が始まった。

まずは洋裁から、金、銀、銅賞が次々発表されていき、受賞者が壇上で表彰をされていく。それからも家具、ＤＴＰと発表が続いていき、中にはガッツポーズをした人もいれば、声を上げて喜ぶ者、感動のあまり泣いてしまう選手もいた。

僕はなんだか嬉しくなった。それだけの思いを賭けて大会に取り組んでいる人たちが確実にいたのだ。彼らにとって、今渡されているあのメダルは大変な価値を持っているに違いない。

順々に発表を聞いていると、徐々にプレッシャーがかかってきた。期待と不安で胸がいっぱいである。心臓をなでられているような気分で、早くこんなことは終わってほしかった。

しかしホームページはなかなか順番が来ない。今はワードプロセッサ、次にデータベースの受賞者が発表されている。壇上で表情を硬くしている選手もいれば、両手でガッツポーズをしている車いすの選手もいた。

やはりあそこに自分が立つ姿は想像できなかった。駄目なのだろうか、やはりなんの賞も取れずに帰るのだろうか。そんなろくでもないことを、考えないようにしようとしても考えてしまう。

結果が発表されるのはすぐだ。だからこの居辛さも一瞬のようなものだ。僕は汗をかきながら、必死で呼吸を整えていた。

そのとき、画面に僕の名前が表示された。

「ええっ？」目を凝らして画面をみると、周りのみんなが「やったじゃん！」と歓喜の声をあげていた。

『ホームページ種目　銅賞　山梨県選手団　高井伊知郎選手』と、赤い画面に白字で大きく表示されている。

「あああああっ！」

僕は立ち上がって、呆気にとられて画面を眺めていた。すぐに銀賞の発表に移ってしまったが、あのスクリーンには確実に僕の名前が表示されていたのだ。

ついさっきまで、結果のことなどわからなかった。しかし実際に結果が出てきてみるとあまりに現実味がなく、目の前の光景が本当なのか確信を持つことができなかった。

しかし銅賞である。金賞を取れない残念さはあったが、賞がもらえることが嬉しくないわけがなかった。各都道府県の代表の中で選ばれた貴重な賞なのだ。僕は示された結果を前に放心していた。

大会スタッフに声をかけられ、僕は案内されるままに観客席の後ろの方を移動していった。

壇上に行くための階段の前には他の受賞者たちが集まっていた。壇上には1、2、3、と表彰台が用意されている。

それから他の受賞者たちと一緒に壇上に登り、表彰台の前に立った。目の前では観客席の選手たちがみんなこちらに目を向けている。なにかリアクションをとろうと思ったが、緊張のせいか、体も表情も固まってしまった。何百人もの観客の圧倒感は大したものである。

市会議員の女性が僕の前に立ち、銅メダルを僕の首にかけてくれた。緑色のリボンについた銅メダルは意外と重く、キラキラと会場の照明で輝いていた。

「……凄い眺めだ」

僕の呟きは拍手にかき消されて誰にも聞こえない。三日間同じ場所にいた人たちが、皆、僕たちに盛大な拍手を送ってくれていた。照明が眩しくて一人一人はよくみえない。

僕にはなんだか観客席の選手たちが、それぞれ光を放っているようにみえた。きっとこの光景のことは、一生忘れないと思った。

そうだ。この目と心に焼き付けておく。たとえ幻のように消えてしまったとしても。

第六章　六年間、ずっと夢をみていた

愛知全国アビリンピックは幕を閉じ、僕たち山梨県選手団は山梨に帰るため電車に乗っていた。

実は閉会式が終わった後、僕は作品の講評を審査員から直接もらっていた。

「いやー惜しかったですよ」

審査員が目元に皺を寄せて大げさな笑顔をみせながら、僕のホームページを印刷した紙と採点表を見比べている。本当はその採点表がみたいのだが、これはみせてもらえないようだった。思わぬ高評価に「本当ですか？」と聞いてしまった。リップサービスかもしれないが、彼がいうには直すべきところを直せばもう少し上を目指すことができたというのだ。

「まずタグは凄く綺麗で、デザインはとても面白かったです。ＰＨＰの理解も相当なものがあるようでした。ただ、ちょっと遊び心が足りなかったように思います」

冷や汗が流れるような思いだった。僕は必要な機能だけを作品に盛り込んでいたが、余計な物をそぎ落とし、プレゼンページとトップページだけで完結させていたのだ。それはそれでいいと思っていたが、他の選手はコラムやミニゲームなどを盛り込んで、みている人を楽しませようという工夫をしていた。

他にも採点機能の少し難しい場所を指摘された。どうもこれが一番のポイントだったらしい。採点機能自体を作ることはできたのだが、仕様でいえば百点満点ではなかった。

今の僕の技術では作れないプログラムに関わる部分だったので、今後の大きな課題だった。金賞、銀賞の選手はそれができていたということだろう。

銅賞を取れたのが嬉しくないわけではなかったが、一番欲しかったのは金賞だったのだ。それだけに「もう少し改善すれば優勝者と競る作品になったと思います」といわれたときは悔しかった。もっと頑張ればよかった、頑張りようがあったに違いない、と何度も考えた。

他にもいくつか指摘された内容は、今後の頑張りで十分克服可能なものだった。

最後に審査員は印刷した僕の作品を土産にくれた。いろいろと勉強になった気がする。

今年僕より上の賞をとった人たちは、ボルドーで開かれる国際大会に行く可能性がある。今となっては遠い話だと思った。

それでも僕はまた、全国大会に出ることもあるのだろうか。いつか金賞を取って、国際大会も……。

「いや、よそう」

僕は考えるのをやめることにした。いずれにしろ先の話である。それより弐郎になんといえばいいのだろう。結局僕は、約束を守れなかったのだ。

車窓を眺めながら思い悩んでいると、僕の横の席に誰かが座った。誰かと思えば、親父だった。

「親父……帰るのも僕と一緒なのかよ。少しはゆっくり観光でもしていけばよかったのに」

親父は水筒に軽く口をつけた後、帽子を少し片手で直した。

「みるべきものはみてきたからな」

本当に、わざわざ僕をみるためだけに名古屋まで来てくれたというのだろうか。

僕は親父にいわなければならないことがあるはずだった。大会三日目、親父のおかげで僕は復活し、今日こうして銅メダルを持って帰ることができたのだ。

「なんだか……親父とこうやって一緒に旅行するのって、久しぶりだね」

なぜか関係ない話が口から出た。

「ああ、昔はしょっちゅう県外まで旅行した」

「弐郎が生まれてからはあまり行けなくなっちゃったけど。なんだか四日間楽しかった。昔に戻ったみたいだ」

弐郎が生まれた後から、少しずつ僕たちの仲はこじれ始めたような気がする。

親父はあまり話に関心がある風でなく、代わりに今日取ってきたメダルをみせろといってきたので、鞄から出してみせてやった。

「ほお、これがメダルか。なかなかのものだな」

「でも、僕は金賞が欲しかった」

「欲張りだな？　これだって十分良いものだろう」

親父はそういうが、僕は弐郎との約束にこだわりがあった。

「なにをいうかと思えば、そんな小さなことで悩んでいたのか。ちゃんとみせるものがあるんだから、胸を張ってこいつをみせてやれ。あいつが不満をいうわけないだろう」

そういわれると少し気分が楽になった。親父の言う通り、僕は手ぶらで帰るわけではないのだ。

もし、あのとき棄権していたら……もっと辛い思いをしながら帰ることになっただろう。そうなった先も悔しくて毎日が生きづらかったに違いない。あと少しで一年間の思いが無駄になるところを、助けてもらったのだ。

「僕……親父に凄く感謝してる。親父のおかげで、しっかり戦って、こうやって銅賞ももらうことができたんだ。来てくれて、本当に嬉しかった」

親父に対してはいろいろ思うところがあった。だけど、僕は親父の良い面をほとんどみてこなかった。

「それなのに僕は……いつも勝手に悪いイメージばかり持って、親父を悪者にしてしまう。今まで良いことだって沢山あったはずなのに。ひたすら嫌って、無視してしまった。本当に……恥ずかしい」

親父はそれを聞くとフンと笑った。嫌みをいわれるかと思ったが、そうではなかった。

「俺は、お前がなにもしないで家にいるのがずっと気にかかっていた。話にならない奴だと思ってた。突然わけのわからない大会を目指し始めたときは頭がおかしくなったのかと心配したよ」

そういって親父は僕に銅メダルを手渡した。

「だけど、お前は強情に、大会の勉強を続けた。そんなに大事なものなら、どんなものか一度みてやろうと思った。結果的にお前は戦い抜いて、わかりやすい結果までとってきた。まあ、お前にしては上出来じゃないか？　なかなかできることじゃない。よくやったと思う」

親父が皺を寄せて笑っていた。

——そうか。親父は、僕を褒めてくれるのか。

胸につかえていたものが消えていた。あらゆる不安がなにもかも解決したような、穏やかな気分になることができた。

それから僕は安心しきって、ただ電車に揺られて座っていた。たまに親父になにかいうが、親父は疲れているのかろくに返事もしない。

もう言葉は必要ないのかもしれない。僕は帰って弐郎たちにメダルをみせるとき、どんな会話をしようかと考えていた。

ふと、妙なことに気がついた。反対側の座席に座っているカップルが異様な目をして僕らの方をみていたのだ。親父もその様子に気づいている。

「どうしたんだろうな？　親父」

親父はなにも返事をしない。逆にカップルはさらに僕に対して厳しい視線を向けてくる。

「ねえ……あの人、さっきから誰に向かって話をしてるの？」

女の方が体を震わせている。さっきから浮かべていた表情が怯えだと気づいたのはそのときだった。

「気をつけろ。あれ絶対やばい人だ」

男は彼女に目配せすると、こちらを睨みつけてきた。

「私怖い、やっぱり席移ろうよ」

女が心底気持ち悪そうに声を震わせている。カップル二人は僕を警戒しながら、前の方の席に移っていった。奇妙なことにそれからもちらちらこちらを盗み見てくる。

しかも横に親父がいるのに、僕だけをみていたようだった。

これは一体どういうことだ。

僕はただ、親父と話していただけなのに、あいつらの有様はなんだというのだ。

「なんだろう？　あの人たち」

親父は彼らに目もくれなかったが、表情は暗く、優れなかった。

「お前がみたままだよ」

妙な返事だった。親父の短い言葉の中に、なにか奇異なものが込められているように聞こえたのだ。僕を突き放すような口調だったからだろうか。どうにも心細くて仕方がなかった。

「みたままって、どういうことだよ」

「伊知郎。お前だってわかっているんだろう？」

僕はその言葉に酷く不安をかきたてられた。親父は僕の目をみない。

「俺のことが、お前にしかみえないということを」

親父は一言、そう言い放った。

一瞬次元が歪んだ気がした。いっそ狂うだけ狂ってくれれば、全てが錯覚だと納得できたかもしれない。それくらい親父はとんでもないことをいっていた。冗談にしても相当悪質で、しかも親父の目は真剣その物だった。

「……なに馬鹿なこといってるんだよ？　親父」

「この六年間、俺はお前以外と会話をしていない。お前も俺がお前以外の人間と会話しているのをみていない。それだけいえば嫌でもわかるだろう？」

笑い飛ばすつもりだったが、考えた途端に不快感が襲ってきて、思わず声を荒らげてしまった。

「う、嘘つけ！　そんなわけがない！」

僕は記憶を総動員させた。記憶に残っている親父の姿……。

弐郎と喧嘩した時、いつも親父は間に入らなかった。

三津子との会話の時にも、親父は入ってこなかった。

母とはそもそも夫婦仲が冷えきっていると思っていたので、そこにいないことをおかしく思わなかった。

母も、弐郎も、三津子も、僕と親父の会話の間に入っている記憶がない。沢山の記憶を掘り返しても、僕と親父一対一の会話しか出てこない。なぜか親父は、僕が一人でいるときばかりを選んで声をかけてきていたようだった。

「なぜだ、嘘だろう。誰もいないのか。どうしてなんだ」

「どうだ。弐郎も三津子も、俺と話してなんかいなかっただろう」

本当だった。僕らの会話の中には誰一人として第三者がいなかった。

冷や汗が流れていた。

だけど、みんな僕にそんなことはいわなかった。それどころか三津子は親父の弁護までしていたじゃないか。

「いわなかったんじゃない。お前が聞かなかったからいわなくなったんだ」

「聞かなくなっただって？　いい加減にしろ親父！　僕を……バカにするな！」

「あまり熱くなるんじゃない、それより六年前の冬を思い出してみろ」

六年前の冬……？

あのとき、僕は幻聴に苦しめられ、地元の病院で二回目の入院に追い込まれた。症状は酷く、最初はまともに食事もできない程、追い込まれていた。

長期に及ぶ入院の末、ようやく退院して家に帰った途端、僕は弐郎に酷く罵られた。その顔は僕に対する憎しみにみちていた。

「親父を散々苦しめやがって、お前のせいで親父が死んだんだ！　お前なんか……絶対に許さない。地獄に墜ちろ！」

退院した喜びが吹き飛ぶような罵声だった。それからもずっと、弐郎との仲は戻らなかった。母に連れられた先で墓をみせられた。目の前の灰色の墓が一体誰の物なのかよくわからなかった。

それから家にくるたびに三津子が何度も僕にいう「おじさんはもう死んだのよ！　あんたいい加減に現実をみたらどうなの？」

だけど、僕には彼らがなにをいっているのか理解できなかった。ずっと親父は家にいるようにみえた。結局みんなが僕を馬鹿にしているのだと思うことにした。

だけど、今は彼らのいっていたことがなんとなく、わかってしまうのだ。

「六年前、お前が入院している間に俺は死んだ。お前はその事実を、今日まで直視しようとしなかったんだ」

僕は語られる現実に呆然とするしかなかった。あのとき、僕は病棟の病室で布団から出てこなかった。ある日、窓の外では雪が降っていた。

「あの雪の日、俺は火葬された」

僕はなぜかそのことを知っていた。誰からそのことを聞いたかと考えたら、三津子の顔が浮かんだ。あいつが必死で僕に訴えてくる声が頭の隅に残っていた。

「僕は、ずっと幻覚をみていたっていうのか？　今ここにいる親父は」

「俺は死人だよ」

僕には親父が幻覚とも、死人とも思えなかった。だけど親父が嘘をつかないことも知っていた。

「どうして、このタイミングなんだ……？」

なにもかもが上手くいっていたはずなのに、僕は六年間見てこなかった現実と向き合わねばならない。こんな不条理があるだろうか。

「このタイミングだからだ。さっきお前は俺に求めていた物が全て満たされたんだよ」

満たされた？　そうだ。僕はさっき親父に、褒めてもらった……。それで、僕は満足したっていうのか？

親父は席を立ち上がった。

「俺は行くよ。もうお前は俺に用がないはずだ」

「ちょっと待ってくれ！　そんなことはない！　僕はまだ親父にいっていないことが沢山あるんだ。謝りたい……いや、本当は過去にあった酷いことをなかったことにしたいんだ！」

だけど僕は無情にも、なにかが終わりつつあるのを体で感じていた。

「いったろう、機会なんて物はいつだって一度しかないんだ。だからそのときそのときを大事にしなきゃな」

その言葉は昨日、僕を救った言葉だった。

「なにもかも一度しかないんだったら……！　僕は一生後悔しなきゃいけないのか？」

「そんなことはない。ジグソーパズルみたいに決まったものしかはまらない生き方なんてつまらないだろう？　なにかしらで埋め合わせはできるさ」

そんな話は聞きたくなかった。なにかを失うということがそんな簡単に割り切れるとは思えなかった。

「僕は耐えられない。どうしてもっと、生きてる間に上手く話せなかったんだろう」

「難しく考えるな。大体そんなもんだ」

僕は悔しい。なにかに気づいたときにはいつも手遅れになっている。僕はなにか言おうと思ったが、これ以上口から言葉が出てこなかった。

「もうやめておけ。生きている奴が死んだ人間と話すなんて正常なことじゃない。これからはもっと気軽にやればいいさ」

「だけど、僕は！」

「お前はもう大丈夫だよ。自分のいいように生きていけばいい。とにかく、前をみろよ」

前――！

その瞬間。親父が目の前から消えていた。

驚き嘆く気にならなかった。元からそこには誰も、いなかったのだ。

横に誰もいなくなった席から、横目で窓の景色をみた。山々に囲まれた地元の町並みが広がっている。

それから間もなく電車が駅に着いた。僕は放心状態で駅のホームに出て、山梨県選手団と一緒に集まった。片野が皆にねぎらいの言葉をかけ、それぞれ互いに挨拶を済ませたところで解散した。

僕は虚ろな目をしながらエスカレーターに乗って改札口の方まで歩いていった。

誰かが手を振っていた。僕は顔を上げる。改札口の方に、弐郎と三津子、母親が待っていたのだ。

「兄貴、大会どうだった？」

改札口を越えたところで、弐郎がいう。まだ入院中のはずだが、どうしてここにいるのだろう？

「ああ、そうそう。まだ退院してないけど、今日は外泊なんだ」

外泊とは入院患者が、一時的に何日か家に戻ることをいう。病院と家ではやれることの範囲が全く違う。その解放感は言葉では言い表せない。

「凄いじゃん伊知郎君！　これ銅メダルでしょ？」

僕は、三津子に上手く返事ができなかった。

「本当に取ったんだな……凄えや」

弐郎も笑ってくれる。親父がいった通り、僕の結果に不満どころか大変な喜びようだった。

僕の不安は取り越し苦労だったのだ。

だけど僕は喜ぶ気になれなかった。それどころか腹の底から強い悲しみが沸き上がってきて、平静を装うのがやっとだった。

「どうしたの……伊知郎君。まさか、泣いてるの？」

目から自然に涙が流れていた。ハッと気づいて手でそれを確かめた途端、抱えていた思いに耐えられず、その場でしゃがみ込んでしまった。

「どうしたんだよ。兄貴？」

僕はなにか返事をしようと思ったが呼吸が苦しくなって、上手く話せなかった。

「親父が……いなくなってしまった」

なんとか絞り出すようにそれだけいうと、三人はなにかを察したように、何度も瞬きをした。

僕はなんとか気を鎮めようとしたが、顔を手で押さえ嗚咽を漏らすしかなかった。

「立てるか？　兄貴」

弐郎が僕に手を差し出してくる。

「元気だしなよ伊知郎君。泣くのが六年遅いよ」

三津子も肩を貸してくれた。二人の支えでなんとか駅から外に出て、前をみたが、涙でよくみえなかった。

悲しい夢だった。僕は六年間、ずっと夢をみていたのだ。

高井弐郎

目の前の道が消え失せていた。

ついこの前まで、俺には進むべき道がみえていた。高校生活を楽しみながら、テニスに打ち込む。そんな青写真も、もう駄目になってしまった。

高井弐郎、上坂高等学校中退。その事実が重くのしかかる。

津野や川口とはもう二度と会いたくなかったし、簗山のことを考えると絶望のあまりどうしようもなくなってしまう。上坂高校に復学することは考えられなかった。

結局俺は今まで何度となく馬鹿にしていた兄貴と同じ身分になってしまったのだ。そんな兄貴も最近は就職活動に励んでいる。

つい最近まで、俺は精神科の病棟に入院していた。最初、入院患者たちとはほとんど会話をしなかった。声をかけてくる人はいたが、全て無視で通していた。なにもすることのない空間で二十四時間過ごさねばならないのは苦行だった。息苦しくて仕方がなかった。

俺はなにもかもが駄目になりながら生きるのが怖かった。まさに今の自分が駄目になっていた。この先ずっとそうなのではないかと思うと、身を投げ出して死んでしまいたかった。

俺が幸運だったのは、兄貴が病気の経験者だったことだろう。彼は何度も病棟に通ってきては、俺がしゃべりもしないのに勝手に話をしてくれた。自分の体験を証拠に、絶対に立ち直れると励ましてくれた。

いつしか俺は、毎日兄貴が来るのが待ち遠しくなった。兄貴が外で頑張っていることが希望にすらなっていた。彼は約束通り、メダルまで取ってきてくれたのだ。そのことが退院までの間、ずっと力になった気がする。

家族はみんな優しい。そんな彼らを虐げていた過去が負い目になっている。高校で自分がやってしまったことと相まって、胸の奥の方が締め付けられるようだった。

病棟から外に出る許可が取れた時は喜んだ。外に出たときはあまりの解放感に世界の色が変わっていた。当たり前のように広がっていた風景の鮮やかな色彩に、思わず俺は涙した。この世はこんなにも輝かしいものなのかと気づかされた。

しかし慣れは感動を忘れさせてしまう。退院してからの日々、俺は家で無為に過ごしていた。皆が学校に行っている時間、俺はあまりのだるさで正午まで眠っていた。起きてもほとんどなにもすることができなかった。大好きなテニスもやる機会を失っていった。

俺にも危機感はあった。ずっと家にいるわけにもいかない。兄貴がずっと苦しんでいた気持ちがわかるようになった。

そんな時、元担任から定時制高校への入学を勧められた。ヤンキーだらけで、受験さえすればまず落とされることはないような場所らしいが、定時制だけに学費も安いし時間も短い。ともかく他にやることもないし行ってみようと思った。

学校に対しては今でも恐怖心がある。俺は徹底的に迫害され、ついには精神を壊してしまった。当時のことを思い出すと悔しさのあまり胸が苦しくて、この世から消えてしまいたくなる。

あのとき、俺はひたすら怖かった。自分の世界が壊れていくのが怖かった。どうせ壊れる世界を捨てきれずに、最後までずるずる破滅への道を遂げてしまった。

そのこだわりさえなければ、もっと別の道があったのではないか。自分の裸がばらまかれようと、勇気を出して誰かに打ち明けておけば、あの場所にだっていられたのではないか。

しかし駄目だった。何度も反撃するイメージを抱いては、現実に押しつぶされた。俺は結局、最初から最後まで委縮してしまったのだ。

今でも築山、津野や川口の醜く嘲る顔が目に浮かぶ。俺を責める声の残響に怯えている。自分の小ささばかりを思い知らされるようだった。

ふと、中学の時、捨てられた犬のような目をしていたいじめられっ子の顔が頭に浮かんだ。みんなに無視され、毎日誰かに殴られていた。

あいつ、今なにをやっているのだろう。今でも誰かにみつけて欲しくて虚しくアンテナを張っているのか。それとも新しい学校で気の合う仲間ができて楽しくやっているのか。

今になって、あの頃は考えなかったようなことを考えるようになっていた。

二月上旬。俺は学ランを着て受験に臨んだ。ここは普段、全日制の高校をやっている。ここでは全日制も定時制も同じ日に受験を行うらしい。

同年代の生徒たちと目が合うと、思わず目を伏せてしまいそうな自分がいた。なにを怖がっているのだろう。俺はこんなに気の小さい人間だっただろうか。実際定時制の受験生はガラの悪い連中が多い。もしかしたらとんでもないところに入ろうとしているのかもしれない。

定時制の受験会場に行き、一通り受験を受けてみた。驚くほど簡単な問題しか出なかった。面接では病気のことをたくさん聞かれるかと思ったが、軽く触れられただけだった。それよりも向こうからいわれた「三人に一人は辞めていく」という言葉が重くのしかかった。

俺はここに入ったとして、続けていけるのだろうか。

受験を終え、校舎から出ると沢山の受験生たちが下校する様子がみえた。少し風が吹いていて肌寒い、これからいっそう冷えそうである。

俺はマフラーを巻き直すと、校門に向かって歩き始めた。

「あの、高井先輩、ですよね？」

突然髪の長い、背の高い女子から声をかけられた。その野花のような可憐で素朴な顔は見覚えがあった。他の女の子を二人連れている。

「君は、テニス部で一緒だった」

その娘のことはすぐに思い出すことができた。何度かフォームの癖を直す指導をしたことがあるのだ。だけどどうしてここにいるのだろう？

「私、ここを受験したんです。でも先輩はどうして？」

俺は言葉に詰まった。自分の現状について、とても恥ずかしくていえなかった。

「いえ……知ってるんです。先輩が大変だったってことは」

意外な言葉に俺は驚いた。俺は入院に追い込まれて以来、ほとんどテニス部員たちとの交流はなかった。

「知ってたのか？」

「みんな知ってますよ。私たちお見舞いに行こうかって話もあったんです。でも入れさせてもらえなくて」

うちの精神科病棟の面会は基本家族限定である。入れさせてもらえないのもわかる話だった。それよりもこちらの知らないうちに噂が広まっていることがショックだった。俺はさらに自分が恥ずかしくなってきた。

「そうか。さぞかし、みんながっかりしてるだろうな」

そういって俺は肩を落とした。冗談でもてっぺんを取ると豪語していたのに、この体たらくである。本当はこんな落ちぶれた姿を、誰にもみられたくなかった。

「そんなことないですよ。みんな心配してます。ところで……先輩はこの学校に？」

「ああ、定時制の方を受けるんだ」

どうやらこの娘が合格した場合、俺たちは同級生ということになるらしい。全日制と定時制の違いはあるが。

「それって凄い偶然ですよ！　私、この学校でもテニス部に入るんです。そしたら、また教えてもらえるんですね」

少女は目を輝かせている。そうはいっても定時制の生徒の場合、全日制と同じ部活に入るわけではない。そもそも夜の部活になるのでテニス部がない。教えるだけならいつでも受けるつもりだが。

「もし合格したら、一緒に頑張りましょうね」

少女は両手を組んで嬉しそうに笑った。一緒にといっても時間が大きく違うわけだから、関わる時間などありはしないだろう。だけど温かい言葉が嬉しかった。

少女と別れてから、俺はぼんやりと余韻に浸っていた。随分長いこと忘れていた感覚だった。

目の前にかすかな道がみえた気がする。俺はもう一度、頑張れるだろうか。

終章　ここは決して人生の終着点じゃない

視界一面に靄がかかっている。そうかと思えば、熱風のような圧力が僕の顔に吹き付けてきて、息苦しいことこの上ない。どういう拷問なのかと怒鳴りつけてやりたくなった。

しかしここには風など吹いていないのだ。

親父が死んだ。

僕はそのことを知っていた。

しかし死んだ瞬間をみたわけではない。ただ、さっき誰かが教えてくれて、僕もそんなような気がしていた。

大変なことだ。親父が死んだなんて一体僕はどうすればいいのだろう。別れというものはさよならもいえない程、唐突にやってくるものなのか。

僕にはなにか親父にいいたいことがあるはずだ。だけど死んだ人間にはなにもいうことができない。死ぬということは一つの終わりだ。僕は大きな機会を失ったのだ。

周りは圧倒的な荒野だ。遠くを見渡しても人らしい人はいない。僕はこの広い世界で一人きりなのか。

「なにやってんだ、伊知郎。俺はここにいるぞ」

振り向くと確かに親父が立っていた。確か死んだと聞いていたが、やっぱり生きていたのだろうか。

触ってみたが感触がある。親父はよせよと僕の手を軽く払った。

「親父は生きているのか？」

「別に死んでないぞ」

僕は心底ほっとしていた。考えてみれば不思議な話だ。どういうわけか僕はさっきまで、大事なものをむしりとられたような喪失感に叫び出したい気分だったのだ。

なにごともなくて本当によかった。

たとえ目覚めたときに全てが変わっていたとしても。


三月になっていた。

僕はコンビニからの帰りに最近購入したスマートフォンを眺め、返信のないＬＩＮＥにため息をついていた。

「やはり無謀だった。死にたい」

僕のＬＩＮＥには紀乃と理吉が登録されている。

実は先日、スタンドアップで紀乃を食事に誘ってみた。もう少し距離が縮められればいいと思い、決死の覚悟で声をかけてみたのだ。

「えっ……」

紀乃は黒真珠のように煌《きら》びやかな瞳をぱちくりさせた。

「困ります……」

その瞬間、僕は自分の敗北を確信した。食事に誘ってこの返事では最早先に希望がない。

僕はそのまま家に帰って泣きたかったが、紀乃は続けてこういった。

「考えさせてください……」

　こうして希望が一本の糸で繋がった。しかし紀乃の表情は暗かった。待っている間、僕は自分の誘い方の不味さを後悔したり、誘ったこと自体を後悔したりした。

「時期尚早だったかもしれない……せめてなにかしら反応があればいいのに」

　紀乃も音声を使ってＬＩＮＥを使うことができる。返事もＬＩＮＥで来る予定だったが、未だになんの音沙汰もない。

　相当に嫌がられているのだろうか。これがきっかけでまたいつぞやのように無視されてしまうかもしれない。そう思うと落ち着いていられなかった。

　前方から車がやってくる、僕は慌てて端に寄ったが、大分気づくのが遅かった。もう少ししっかりしなければいけない。

　去年の愛知での大会が終わった後、いろいろ変化があった。

　僕は去年の十二月から就職活動を始め、いくつか面接も受けた。現実はなかなか厳しいものがあったが、スタンドアップの職員もサポートしてくれたのでいくらか成果がでてきた。近々障害者求人の実習を受けることになっている。サービス業の後方事務だというが、なんとか合格するよう一生懸命働きたいと思う。

　家に戻ると、弐郎と三津子が話していた。三津子が家に来るのは久しぶりだった。

「兄貴おかえり。そこのケーキ食べていいよ」

「ケーキ？　これ弐郎が作ったのか？」

やや形のいびつなチョコケーキが皿に盛ってあった。高校を中退して以来、武郎は家でいろいろなことを始めていた。最近では昔通っていたテニススクールに戻り、練習を再開していた。

「伊知郎君。そのケーキ滅茶苦茶まずいから気を付けた方が良いよ」

三津子が茶々を入れる。武郎はしかめっ面をしてうるせえよとぼやいていた。

「なんだよ三津子、お前受験生だってのに余裕だな。うちになんて来てていいのか？」

僕はそういってケーキをつまむ。どうも砂糖が足りないようで、あまり甘味を感じず苦かった。

「いいの。私は。もう進路決めてるもん」

そうなのか、と聞いてみると、三津子はある大学の案内書を鞄から出してみせてくれた。

「これ福祉系の大学じゃないか」

三津子の学力だったら余裕で入れるはずだ。地元だから通うのも楽である。

「私、前から興味があったの。〝薬色の空〟がみえる人たちのことをね」

「お前なあ……」

前に冗談で三津子に病院の天井絵の話をしたところ「アハハやっぱり頭おかしいね伊知郎君は」と散々馬鹿にされたものだが、真面目な話に取り込まれると微妙な気分になる。

「いっとくけど、楽な仕事じゃないと思うぞ福祉は」

中河やお世話になった看護師の人たちもいつも笑顔だが、仕事の方は大変そうにしているのを知っている。

「そんなのあたりまえじゃん。伊知郎君みたいに浮世離れしてないからそれくらいわかるよ」

そういわれると僕は弱かった。今まで社会に出ていないという意味では三津子に説教する資格などなかった。

ふと、弐郎の方に目をやると、酷く苦しそうな表情をしていた。あれは辛いことを思いだしている顔である。

弐郎は結局、高校でなにがあったのか、誰になにをされたのかを一言も語らなかった。復学に関しても「あそこに戻る自分が想像できない」といって退学してしまった。

抱えきれない物を抱えているのだと思う。きっと僕なんかより余程苦しいのだ。そんな中でもテニスに打ち込み、前向きに生きている弐郎を兄弟ながら尊敬する。四月からは定時制の高校に入学する予定で、弐郎はその日が心底待ち遠しいようだった。カレンダーばかりを眺めている様子が妙におかしかった。

日が変わり、僕は病院で主治医の診察を受けていた。

「変わりないですか?」

「はい。薬が合ってきたようで、大分いい感じです」

「お父さんのことは……」

「もうみえません」

主治医が大きく頷いた。

「この調子で行きましょう。お薬一ヶ月分出しておきますね」

ここ数ヶ月で一番大きな変化は、診察が一分で終わるようになったことだろうか。体調が安定するとなんとか薬を替えてもらう努力をしなくてもよくなるし、特に話すこともなくなったのだ。

病院の外に出ると、病棟から出てきた患者たちが看護師に連れられて売店に向かっていた。一週間分のお菓子を買い込みに行くのだろう。ほとんどが老人だったが、一人自分と同じくらい若い患者がいたのが印象的だった。

それから薬局で大分少なくなった薬を受け取ると、中河のいるデイケアに立ち寄った。

「あら伊知郎さんごきげんよう……なんだか今にも死にそうな顔をなされていますが、しっかり薬は飲んでいますか？」

どうも表情に憂鬱さがにじみ出ているらしい。未だに紀乃からの返事はない。

「実は就職が決まるかもしれなくて」

実習とはいえ、就職を念頭に置いたものである。成果として話せる内容だった。

「素晴らしいですね伊知郎さん。銅メダルは取ってくるわ、就職が決まるわ、あとは彼女でもできれば人生薔薇色ですね！」

白々しくハハハと笑うしかなかった。彼女ができるどころか今にも好きな女の子に縁を切られるのではないかと気が気でないというのに。

「薬もそんなに減ったんですね。きっと薬で抑えられていた力を取り戻している段階なのだと思います！」

実際前よりもできることが増えてきた。体調を崩さないように物事に取り組めるようになったし、母の車を借りて運転までできるようになったのだ。

「どうですか？　一昨年の今頃とご自分を比べてみて」

あの頃、僕はデイケアに通うのが辛かった。いつ終わるかもわからないリハビリの日々に望みを失いかけていた。だけどそんな毎日も今思えば、回復までの過程だった気がする。デイケアでの五年間、少ない気力で社会性を身につけたり、日記を書いたりしてきたのが大きかった。その積み重ねがなければアビリンピックの勉強もできなかった。

「凄く、楽になりました。自分の力っていうより、めぐり合わせがよかったんだと思います」

「謙遜なさるんですね、伊知郎さん」

「中河さんに背中を押してもらったのがきっかけですから」

「いえ、素晴らしいことですよ。伊知郎さんがやったことはなかなかできることではないですから。でもきっと、このデイケアからも後に続く方が出てきますよ。そのときは伊知郎さんの話をしようと思います」

そういわれると照れくさかった。僕の体験が誰かの役に立つこともあるのだろうか。

「これからもご自分のペースでのご活躍を期待していますよ。あまり無理はなさらないでくださいね」

中河はいつも僕のことを尊重してくれた。だから僕は自分のことを一生懸命やることができたのだと思う。

デイケアを後にすると、僕は少し疲れたので病院の待合室のソファで休むことにした。天井には薬色の空が広がっている。僕はもう青い薬は処方されなくなったので、あの中では雲しか飲んでいない。

淡く、そして果てしない。あの空をみると、いつも精神が不安定になる。

病気なんて物は誰もが思うようによくなるものではない。僕よりも長く苦しんで、生き方が制限されてしまう人たちがいる。生きたいように生きられないのはとても辛いことだ。諦められないなにかがあるならなおさらだ。

でも、この病院の天井にあの空を描いた人は、きっとみんながよくなることを願ったのだろう。それが儚い理想だとしても、僕には温かいものに思えた。

僕はいろいろな物に及ばず、足りない人間だ。だけど先に希望を持っているのがなによりの希望だと思う。狭い世界で生きていたけれど、かけがえのない人たちと触れ合うことで学ぶべきことを学ぶことができたのだ。ここは決して人生の終着点じゃない。

僕は外にでる。まだ陽が照っていて十分に明るい。空は青色のグラデーションと綿のような白い雲が陽で煌めいていた。眩しい、と思った。

そのときLINEの通知音が鳴り響いた。びっくりして恐る恐るスマートフォンを開くと、紀乃からの通知が入っている。

「来週の日曜日の話、了解しました！　楽しみにしてますねっ！　村中紀乃」

そこには僕にとって最高の答えが記されていた。紀乃の切れ長の目に輝く魅力溢れる瞳、向日葵のように華々しい笑顔が目に浮かぶようだった。スマートフォンを持つ手が、震えていた。

「やった……やった！」

目頭が熱くなってきた。全てが報われたような喜びが、胸一杯に広がっていく。今にも叫びだしたい気分だった。

空が、雲が、薔薇色に変わっていった。体中に力が満ちていくようだった。幸せが全身に降り注いでいた。

僕は嬉しくなって病院の敷地を駆けだした。体が軽い。どこまでも走っていける気がする。そのことを伝えたい人がいた。すぐ近くにいるような気もするし、もしかしたら僕が話すまでもなく知っているのかもしれない。多分僕は、彼と沢山の人たちにここまで導いてもらったのだ。

これから、なにが待っているかはわからない。今までだって辛いことが沢山あった。きっといろいろなことが上手くいかないはずだ。

だけど僕は信じてみたい。

どこかで、これから僕がやることの、骨を拾ってくれる人がいることを。

この作品はフィクションです。実在の人物・団体などにはいっさい関係ありません。

ドラッグカラーの空

発行日 2016年4月15日 第1刷

Author	佐久本庸介《さくもとようすけ》
Book Designer	カバー・表紙デザイン 柳澤健祐　本文デザイン 間宮麻衣+マミアナグラフィックス
Publication	株式会社ディスカヴァー・トゥエンティワン 〒102-0093　東京都千代田区平河町 2-16-1 平河町森タワー 11F TEL　03-3237-8321（代表） FAX　03-3237-8323 http://www.d21.co.jp
Publisher	干場弓子
Editor	林 拓馬
Marketing Group Staff	小田孝文／中澤泰宏／吉澤道子／井筒浩／小関勝則／千葉潤子／飯田智樹 佐藤昌幸／谷口奈緒美／山中麻吏／西川なつか／古矢薫／米山健一 原大士／郭迪／松原史与志／蛯原昇／安永智洋／鍋田匠伴／榊原僚／佐竹祐哉 廣内悠理／伊東佑真／梅本翔太／奥田千晶／田中姫菜／橋本莉奈／川島理 倉田華／牧野類／渡辺基志／庄司知世／谷中卓
Assistant Staff	俵敬子／町田加奈子／丸山香織／小林里美／井澤徳子／藤井多穂子 藤井かおり／葛目美枝子／竹内恵子／清水有基栄／川井栄子／伊藤香 阿部薫／常徳すみ／イエン・サムハマ／南かれん／鈴木洋子／松下史／永井明日佳
Operation Group Staff	松尾幸政／田中亜紀／中村郁子／福永友紀／杉田彰子／安達情未
Productive Group Staff	藤田浩芳／千葉正幸／原典宏／林秀樹／三谷祐一／石橋和佳／大山聡子 大竹朝子／堀部直人／井上慎平／塔下太朗／松石悠／木下智尋／鄧佩妍／李瑋玲
Proofreader	株式会社鷗来堂
DTP	アーティザンカンパニー株式会社
Printing	共同印刷株式会社

ISBN978-4-7993-1866-9